银　景

[英] 约翰·勒卡雷　著　　姚向辉　译

—

SILVERVIEW

John le Carré

—

上海译文出版社

图字:09-2022-0865 号

图书在版编目(CIP)数据
银景 /(英)约翰·勒卡雷(John le Carré)著;
姚向辉译. -- 上海:上海译文出版社,2025.7.
(约翰·勒卡雷作品). -- ISBN 978-7-5327-9894-0
Ⅰ. I561.45
中国国家版本馆 CIP 数据核字第 2025D5P518 号

银景
[英]约翰·勒卡雷 著 姚向辉 译
责任编辑/宋玲 装帧设计/王鹏阳

上海译文出版社有限公司出版、发行
网址:www.yiwen.com.cn
201101 上海市闵行区号景路 159 弄 B 座
上海雅昌艺术印刷有限公司印刷

开本 787×1092 1/32 印张 8.25 插页 5 字数 103,000
2025 年 7 月第 1 版 2025 年 7 月第 1 次印刷
印数:0,001—6,000 册

ISBN 978-7-5327-9894-0
定价:68.00 元

-1-

伦敦西区，大雨滂沱的一天上午十点，一个年轻女人毅然走进了南奥德利街咆哮的暴风雨，她身穿宽松的连帽夹克，羊毛围巾拉起来裹住脑袋。她叫莉莉，情绪在焦虑和愤怒之间摇摆。她戴着连指手套，用一只手在大雨中护住眼睛，皱着眉头扫视门牌号码，她用另一只手控制婴儿车，婴儿车拉上了塑料盖布，坐在里面的是她两岁的儿子萨姆。有些屋子过于趾高气扬，根本没有门牌。还有一些虽然标了号码，但属于不相干的另一条街道。

她来到一个假模假式的门洞口，这座屋子的门牌号漆在罗马柱上，倒是非同寻常地清楚。她拖着婴儿车，倒退走上台阶。她怒视房主门铃按钮旁的一串名字，然后使劲按最底下的按钮。

“推一下就行，亲爱的。”一个和蔼的女声在扬声器里指点她。

“我找普罗克托。她说除了普罗克托，别人都不行。”莉莉顶了回去。

“斯图亚特已经下去了，亲爱的。”同一个抚慰人心的声音答道，没过几秒钟，大门开了，一个瘦高的男人出现在门口，他戴着眼镜，五十五岁左右，身体向左倾斜，歪着鸟嘴形状的长脑袋，探询的神情里有几分戏谑。一个女人站在背后，她主妇模样，满头银发，穿开襟羊毛衫。

“我就是普罗克托。需要帮你一把吗？”他问，眼睛往婴儿车里看。

“我怎么知道真是你？”莉莉反问道。

“因为你可敬的母亲昨晚打电话到我的私人号码上，逼着我一定要来这儿。”

“她叫你一个人来。”莉莉不肯放松，怒视主妇模样的女人。

“玛丽负责照看屋子。万一你需要，她会很乐意帮你一把的。”普罗克托说。

主妇模样的女人上前，但莉莉耸耸肩，不让她靠近，普罗克托在她背后关上门。门厅陷入寂静，她卷起塑料盖布，直到露出沉睡男孩的头顶。他有一头黑色的鬈发，神情满足得令人嫉妒。

“他一整个晚上都醒着。”莉莉说，抬起手放在孩子的额头上。

“他真美。”叫玛丽的女人说。

莉莉把婴儿车推到楼梯底下最暗的角落里，然后在婴儿车底下掏了一阵，取出一个没写字的白色大信封，她走到普罗克托面前站住。他似笑非笑的表情让她想起寄宿学校的一位老神父，那会儿按照规定，她必须向他忏悔罪孽。她从没喜欢过那所学校，从没喜欢过那个神父，现在也不打算喜欢普罗克托。

“你读信的时候，我应该坐下等你读完。”她告诉他。

“那是自然，”普罗克托愉快地赞同道，然后隔着眼镜狡诈地打量她，“另外，能允许我说一句我感到非常抱歉吗？”

“假如你有话要带给她，必须由我亲口转告，”她说，“她不想通过电话、短信和电子邮件联络。不希望情报局或其他任何人联系她。包括你。”

普罗克托阴郁地沉思片刻，然后说：“这个嘛，同样让人难过。”接下来，他像是忽然意识到手里还拿着一个信封，用瘦骨嶙峋的手指试探性地戳了戳信封：“不得不说，好一部长篇大作。你猜有多少页？”

“不知道。”

“家用信纸？”——他继续戳信封——“不可能。没人有这个尺寸的家用信纸。我猜只是普通的打印纸。”

“我没打开看过。我说过了。”

“那是自然。好吧”——一个滑稽的微笑让她暂时放下了敌意——“那就开始吧。看来我要读很长时间了。能允许我暂时告退吗？”

门厅另一侧是简朴的客厅，莉莉和玛丽面对面坐在两把笨重的椅子上，椅子包格子呢，扶手是木头的。两人之间是一张刮花的玻璃茶几，上面有个白铁托盘，里面摆着装咖啡的保温杯和巧克力消化饼干。两者莉莉都没有要。

“她怎么样？”玛丽问。

“对一个快死的人来说，能有多好就有多好。谢谢问候。”

“唉，这种事非常可怕。总是如此。不过她的精神怎么样？”

“神志还算清楚，你想问的是这个对吧？她不肯用吗啡，不赞成那东西。只要能动弹就下楼吃饭。”

“吃东西还挺香，对吧？”

莉莉再也无法忍受这种交谈了，她匆匆走进门厅，绕着萨姆做这做那，直到普罗克托回来。他的房间比先前那个房间小，也更暗，肮脏的网眼窗帘非常厚实。普罗克托决定在两人之间保持一段尊重的距离，于是来到对面墙上的暖气片旁站住。莉莉不喜欢他流露出的神情。你是伊普斯威奇医院的肿瘤科医生，你即将说的话只有近亲才能听。你要告诉我她快死了，但我已经知道了，所以还有什么可说的？

“我猜你应该知道你母亲在信里说了什么。”普罗克托开门见山，声音不再像她不肯向其忏悔的那位神父，而是一个更真实的活人。见到她摆出姿势要否认，他又说：“我指的是大致意思，不是具体内容。”

“我说过了，”莉莉粗暴地答道，“无论是大致意思还是别的什么我都不知道。我妈没说，我也没问。”

这就像以前女生宿舍里玩的游戏：你们能互相瞪多久，既不眨眼也不笑？

“好的，莉莉。咱们换个方式说，”普罗克托的耐心好得让人生气，“你不知道信里写了什么。也不知道说的是什么。但你肯定对一两个朋友说过你要跑一趟伦敦送信。所以你告诉了谁？因为我们真的必须知道。”

“我他妈一个字都没和别人说过，”莉莉隔着房间对他那张毫无表情的脸吼道，“我妈叫我别说，我就没说。”

“莉莉。”

“什么？”

“我不怎么了解你的个人生活。但就我了解的那一丁点而言，我知道你肯定有个某种伴侣。你对他说了什么？也许是个女的她？对她说了什么？你家里有人生了重病，你不可能就这么消失一整天，却连借口都没留下一个。你会随口对男朋友、女朋友、闺蜜——甚至只是个普通熟人——说一句‘你猜怎么着？我要跑一趟伦敦，亲手替我老妈送一封超级机密的信’，还有什么比这更符合人性的呢？”

“你想说这么做符合人性？对我们来说？彼此之间能这么说话？对一个普通熟人这么说话？符合我们人性的是，我妈说我不能告诉任何活人，所以我就没说。而且我接受过训导。就是你们这种人。我签过字的。三年前他们用枪指着我的脑袋，说我已经长大了，应该一起保守秘密。另外我没有伴侣，也没有一伙闺蜜能让我掏心窝。”

瞪眼睛比赛，第二局。

“另外我没告诉我父亲，你想问的不会是这个吧。”她又说，语气更像是忏悔。

“你母亲特地说过你不能告诉他吗？”普罗克托问，语气变得严厉。

“她没说我可以，所以我就没告诉他。这就是我们。这就是我们一家。我们蹑手蹑脚地绕着其他成员走。你家里大概也是这样的。”

“那么，请你告诉我，”普罗克托继续追问，没有回答他家里是不是这样，“只是出于好奇。你为突然来伦敦找了个什么理由当托词？”

“你是在问我的掩饰故事是什么吗？”

房间对面的那张瘦脸顿时一亮。

“对，就是这个意思。”普罗克托承认道，像是掩饰故事对他来说是个新概念，而且还相当值得玩味。

“考察我家附近的一所幼儿园。离我在布鲁姆斯伯里的住处很近。等萨姆满三岁就给他报名。”

“绝妙。你真打算这么做吗？真的去考察幼儿园？你带着萨姆？约见教职员工，等等等等？给他登记一下？”——普罗克托变成了关切的叔父，而且看上去相当可信。

“取决于等我带萨姆走的时候他的情况怎么样。”

“只要能做到，请务必去一趟，”普罗克托叮嘱道，“这样回去以后就更方便了。”

"更方便？方便什么？"——火气又起来了——"你是说更方便骗人吗？"

"我的意思不是更方便骗人，"普罗克托认真地纠正她，"既然你说你和萨姆去考察幼儿园，然后你们去了，而你回到家里说你们去了，哪儿骗人了？你现在承受的压力真的非常大。我都没法想象你是怎么熬过来的。"

有一个困窘的瞬间，她知道他真的在关心她。

"所以还是前面那个问题，"普罗克托回到正题上，"我应该请你带个什么话给你极度勇敢的母亲呢？因为我欠她一个回答。也必须给她一个交代。"

他停顿片刻，像是在等她拉他一把。他没有等来帮助，于是说了下去。

"另外，如你所说，只能是个口信。而且必须由你一个人带给她。莉莉，我真的非常抱歉。我可以开始了吗？"他没有等她回答，直接就开始说了，"我们的回答是立即同意所有要求。因此一共是三个同意。我们记住了她想传达的消息。我们将针对她关注的问题采取行动。我们将完全满足她的所有条件。你都记住了吗？"

"日常词汇我问题不大。"

“当然了，也请你转告她，我们衷心感谢她的勇气和忠诚。还有你的，莉莉。再说一遍，我非常抱歉。”

“我老爸呢？我应该对他说什么？”莉莉并不满足，逼问道。

还是那个滑稽的微笑，仿佛一盏警告灯。

“是啊，唔。你可以和他说说你正要去参观的幼儿园，对吧？说到底，你来伦敦不就是为了这个嘛。”

*

莉莉穿过雨点在人行道上溅起的水花，一口气走到芒特街，然后叫了一辆出租车，请司机送她去利物浦街的车站。也许她真的应该去看看幼儿园的，然而她已经说不准了。也许她昨晚嘴上是这么说的，但心里知道自己未必会去，因为当时她已经下定决心，她从此再也不会向任何人解释任何事情了。也许在普罗克托逼她说出口之前，她根本没动过这个念头。她确定的事情只有一件：她不会因为普罗克托的几句话就去参观什么该死的幼儿园。去他妈的幼儿园，还有垂死的母亲和他们的秘密，这些狗屁东西全都去他妈的吧。

-2-

同一天上午，东英吉利外海岸边的一个海滨小镇，一位三十三岁的书店老板从侧门走出他崭新的店铺，他名叫朱利安·劳恩斯利，两个月前发誓弃绝的都市生活留给他一件黑色大衣，此刻他揪住这件大衣的天鹅绒领子，紧紧地捂住喉咙。他沿着荒凉的砾石海滩勉力前行，搜寻在这个可憎季节依然提供早餐的咖啡馆。

无论是对自己还是对外部世界，他的情绪都不算友好。昨天夜里他独自一人盘点了几个小时，然后等他爬上楼梯，来到店铺阁楼上刚翻建好的寓所，却发现既没有电也没有水。他打承包商的电话，接听的是答录机。他没去旅馆开房，这个季节未必能找到还在营业的旅馆，而是点了四支厨房蜡烛，打开一瓶红酒，斟了满满一大杯，把备用的毯子堆在床上，钻进被窝，埋头研究书店的账目。

账目没说什么他不知道的消息。他在冲动之下逃离了内卷的生活，却跌倒在一个悲惨的起点上。要是有什么账目没说明白的东西，他自己也能说个清楚：过独身生活就要忍受寂寞，而他不具备这个能力；他不久前还在过的那种生活，距离也无法平息它的喧嚣；另外，他缺乏作为高档书商所需要的基础文学教育，那可不是区区几个月就能弥补的。

这家咖啡馆是个三合板钉成的棚屋，蜷缩在一排爱德华时代风格的海滩小屋背后，顶上黑沉沉的天空挤满了尖叫的海鸟。他晨跑时见过这个地方，但没动过进去坐坐的念头。出故障的绿色店标在闪烁，“马夫”（sice）缺了一个 s，因此变成“寒冰”（ice）。他使劲推开门，顶着风拉住，钻进店堂，然后把门顶回原处。

“早上好，亲爱的！”一个热情的女声从厨房方向传来，“请随便坐！我马上就来。”

“也祝你早上好。”他随口回应道。

日光灯下摆着十几张铺红色塑料方格桌布的空桌子。他选了一张坐下，小心翼翼地从一堆调料瓶和酱料瓶之间抽出菜单。厨房的门敞着，外国新闻播音员叽里咕噜的声音从里面飘出来。他背后响起了砰的一声，然后是沉重的脚步声，说明又来了一个客人。他望向墙上的镜子，一时间感到既戒备又好笑，因为他认出来者是爱德华·埃文先生，他昨晚胡搅蛮缠但迷人的顾客——假如一个人什么都不买也能算顾客的话。

尽管他还没看见对方的脸——埃文，散发着一刻也闲不下来的气息，忙着把宽边洪堡帽挂起来，整理搭在椅背上滴水的黄褐色雨衣——但他不可能认错那头桀骜不驯的蓬乱白发和纤细得出乎意料的手指，那几根手指以目中无人的花哨姿态从雨衣的暗袋里掏出《卫报》，放在面前的桌子上展平。

*

事情发生在昨天傍晚，当时离打烊还有五分钟。店里空无一人。整个白天，书店几乎一直没人光顾。朱利安站在收银台前，清点当天的微薄收入。从好几分钟前，他就注意到一个孤单的身影站在街对面的人行道上，此君头戴洪堡帽，身穿黄褐色的雨衣，胳膊上挂着一把收起来的雨伞。惨淡经营六个星期以来，他已经很会辨认光看店头但绝不进来的那些人了，而他们越来越让他心神不宁。

这个男人不喜欢的是什么呢？是漆成豆绿色的店面吗？也许他是这儿的老居民，不喜欢花里胡哨的东西？还是橱窗里展示的许多精美书籍，适合所有人财力的特别优惠？还是贝拉，朱利安芳龄二十的斯洛伐克实习生，他时常发现她霸占橱窗，搜寻她形形色色的恋爱对象？不，不是她。难得贝拉这会儿在储藏室认真工作，把没卖掉的书重新打包，准备退还给出版商。而现在——奇迹中的奇迹——那男人竟然正穿过马路走向书店，他边走边摘帽子，店门徐徐打开，一张六十来岁的脸从蓬乱的白发底下窥视朱利安。

“你打烊了，”一个自信的声音通知朱利安，“你打烊了，我应该换个时间再来，我坚持”——但一只泥泞的棕色健步鞋已经进了门，而另一只正跟着向前移动，雨伞紧随其后。

“其实离打烊还早着呢，”朱利安断然道，以多礼对多礼，“严格来说，五点三十分打烊，但我们很灵活，所以请快进来，爱待多久就待多久”——说完这句，他继续点钱，而陌生人认真地把雨伞插进维多利亚式的伞架，把洪堡帽挂在维多利亚式的帽架上，借此向书店的复古风格致敬。朱利安之所以选择这个风格，是为了吸引年长者的群体，而小镇在这方面供应充足。

“想找什么书吗？或者只是随便看看？”朱利安问，打开书架前的所有照明灯。但这位客人像是根本没听见他的问题。他宽阔的脸膛刮得干干净净，像演员一样表情丰富，此刻正闪耀着讶异的光彩。

“我没有任何想法，”他断然道，挥动手臂，朝着他讶异的源头做了个流水的手势，“这个镇子终于可以自夸说有一家真正的书店了。不得不说，我很惊讶。完全被震住了。”

他明确地表达完了立场，于是开始虔诚地察看一个个书架：小说、非虚构、地方文学、旅游、经典、宗教、艺术、诗歌。他偶尔停下，取下一本书，以藏书家的目光打量它：封面、内页、纸张质量、装订方式、大致重量和友善程度。

“不得不说。”他再次感叹道。

他的发音完全是英国式的吗？这个嗓音淳厚、专注而有说服力，然而抑扬顿挫之间，是不是有一丝外国味道？

“不得不说什么？”朱利安在他狭小的办公室里回应道，他正在浏览今天收到的电子邮件。陌生人重新开口，语气变得更加推心置腹，与先前有所不同。

“你看看。我猜你这家了不起的新书店彻底换了个经营班子。我说对了吗，还是说我完全会错了意？”

“没错，是换了个经营班子——”他还是在办公室里说，声音穿过敞开的房门。没错，确实有一丝外国口音。只有一点点。

“冒昧问一句，店主也换了吗？”

“不冒昧，答案是大写的正确。”朱利安愉快地说，回到收银台旁的老位置。

“所以您是——请原谅。”他停顿片刻，然后再次开口，语气变得严肃，带着军人的味道，“你看看——所以莫非你就是年轻的水手他本人，抑或不是？因为我必须知道。还是说你是他的副手？他的代理人。他的什么什么？”然后出于某些理由，他像是武断地认为这些探究性的问题一定冒犯了朱利安，“我向你保证，我没有任何恶意。我只是想说，既然那位平庸的前店主给他的商号起名叫‘老水手’，那么你，先生，作为他更年轻也——请允许我说——更合本人心意的继承者——”

说到这儿，两个人已经陷入了愚蠢的纯正英国式敬语纠葛，直到一切疑问都得到解答，而朱利安承认，没错，他正是经营者兼店主本人，陌生人则说：“介意我自己动手拿一张吗？”他修长的手指灵巧地一动，从盒子里拈起一张书店的介绍卡，举起来对着灯光，用他的双眼仔细察看这件证物。

“所以我正在和——要是我说错了就请纠正我——J. J. 劳恩斯利先生本人交谈，也就是劳恩斯利精品书店的唯一所有人和经营者，”他说完他的结论，以演戏般的缓慢动作放下胳膊，“事实还是虚构？”——然后他原地转身，观察朱利安的反应。

“事实。”朱利安确认道。

“请允许我冒昧问一句，第一个J代表什么？”

“不冒昧，代表朱利安。”

“一位伟大的罗马皇帝。那么我更加斗胆地再问一句，第二个J呢？”

“杰里米。”

“前后没有弄反吧？”

“绝对不可能。”

“有人叫你杰杰吗？”

“个人而言，我建议就叫我朱利安好了。”

陌生人沉思片刻，斑白的姜黄色浓眉拧成一团。

“那么，先生，您就是朱利安·劳恩斯利本人，既不是他的肖像，也不是他的影子，而我——万分抱歉——我叫爱德华·埃文，就是埃文河的那个埃文。很多人叫我泰德或泰迪[1]，但朋友们就叫我爱德华。认识你很高兴，朱利安。”他隔着柜台伸出手，尽管他手指纤细，但握手出奇地有力。

“呃，你好，爱德华。”朱利安愉快地说，在礼貌允许的第

1　泰迪是爱德华的昵称。

一个瞬间就收回了他的手，等待爱德华·埃文的下一步行动，而后者做了好一番深思熟虑的表演。

“朱利安，能允许我说几句与个人相关、有可能冒犯你的话吗？”

“只要别太个人就行。”朱利安警惕地回答，但语气同样轻快。

“不知道你会不会非常介意我，怀着一万个应有的谦卑，对你店里极为出色的藏书做一个非常不值一提的小小建议呢？”

“我洗耳恭听。”朱利安殷切地答道，危险的乌云已经散去。

“这仅仅是我个人的看法，也只反映了我本人对此事的感受。你明白我的意思吧？”显然是明白的。“那我就继续说下去了。在我个人看来，这个伟大的郡——就这一点而言——任何一个郡的任何一个地方文学书架，假如没有塞巴尔德[1]的《土星之环》，那就不能认为自己是完整的。然而我注意到你并不熟悉塞巴尔德。”

从哪儿看出来的呢？朱利安心想，尽管他不得不承认他从

1　W. G. 塞巴尔德（1944—2001），德国作家与学者，《土星之环》是其代表作之一，是游记与长篇小说的混合体，记录了叙事者穿越英格兰东海岸的徒步旅行以及在旅途中的所见、所思和所感。

没听说过这个名字，而且由于爱德华·埃文使用的是德语发音“泽贝尔特”，他就更加不可能听过了。

“《土星之环》，我必须先提醒你一声，不是一本你我也许会从字面意义理解的导游手册。我太自以为是了。您可以原谅我吗？”

当然可以。

“《土星之环》是一部最出神入化的文学杰作。《土星之环》是灵性的旅程，从东英吉利的边境出发，进而拥抱整个欧洲的文化遗产，直到死亡。塞巴尔德，W. G.”——这次用的是英语发音，他等着朱利安把这个名字写下来。“曾经是我们东英吉利大学的欧洲文学教授，和我们之中最优秀的那些人一样，患有抑郁症，现在，唉，已经去世。为塞巴尔德哭泣吧。”

“我会的。”朱利安答应道，还在写字。

“我待得太久，先生，浪费了您的感情。我什么都没买，我没有任何用处，而我非常抱歉。晚安，先生。晚安，朱利安。祝你美好的新事业蒸蒸日上——不，等一等！我是不是看到了一个地下室？”

折价清仓区最远的角落里有一道向下而去的旋转楼梯，楼梯口被一块维多利亚式的屏风遮住了一半，爱德华·埃文的视线落在了那儿。

“非常抱歉，是空的。”朱利安说，继续算他的账目。

“但为什么空着呢，朱利安？堂堂一家书店，绝对不允许有地方空着不用！”

“事实上，我还在考虑该怎么使用。也许开个二手分区。走着瞧吧——”他开始感到厌倦了。

“能让我看一眼吗？”爱德华·埃文坚持道，“满足一下我不知廉耻的好奇心。可以吗？”

除了说可以，朱利安还能怎么做呢？

“下去以后，灯开关在你的左手边。当心脚下。”

爱德华·埃文消失在了旋转楼梯底下，动作敏捷得让朱利安吃惊。朱利安竖起耳朵，等着听见什么响动，但他什么都没听见，对自己的行为大惑不解。我为什么会允许他下去呢？这家伙疯得够厉害的。

埃文又冒了出来，动作和消失时一样敏捷。

“了不起，”他认真地说，“以后一定会充满了乐趣。请允许我毫无保留地祝福您。再一次地，晚安。”

他走向店门，朱利安对着他的背影说：“能请教一下你是干什么的吗？”

“我吗，先生？”

“是的，先生。你是作家吗？或者画家？记者？学者？我猜我应该知道的，但我才刚来这儿不久。”

这个问题给爱德华·埃文带来的困惑似乎不比给朱利安带来的少。

“唔，”他答道，显然在认真地思考这件事，“就这么说吧，我是半个英国人，已经退休，搞过学术，但没什么成就，给生活打了一辈子零工。我这么回答你满意吗？”

“似乎不满意也只能满意了。”

“那就回头再见了。”爱德华·埃文说，最后从门口投来一个忧郁的眼神。

“回头再见。”朱利安愉快地答道。

爱德华·埃文河的那个埃文于是戴上洪堡帽，调整帽子的角度，拿着雨伞，勇敢地大踏步走进黑夜。不过在他离开前，朱利安闻到了他呼吸中的浓烈酒味。

*

“决定好今天吃什么了吗，亲爱的？”店主用浓重的中欧口音问朱利安，先前她和他打招呼的时候也是这个口音。然而朱利安还没来得及回答，爱德华·埃文浑厚的嗓门就抢先响了，声音盖过了海风的呼啸和咖啡馆薄薄的墙壁的嘎吱呻吟：

“早上好，朱利安。希望这喧嚣的天气没有打扰你的睡眠。我建议你试一试阿德里安娜丰盛的煎蛋卷。她这道菜做得非常出色。”

“哦，好的。谢谢。”朱利安答道，不确定他想不想用“爱德华”称呼对方。“那我就尝尝看吧。”他对站在一旁的丰满的店主说：“还要全麦吐司和一壶茶，谢谢。”

“要松软一些的吗，就像爱德瓦[1]喜欢的？”

“松软的就很好，”然后他听天由命地转向埃文，“所以这是你常来吃饭的地方？”

“只要胃口上来了。阿德里安娜是咱们小镇保守得最好的秘密，对吧，我亲爱的？”

这个坚定的声音，尽管用词还是那么花哨，但朱利安觉得它今天早晨似乎有点力不从心，不过假如昨晚的酒味不是一个幻觉，那么这也是情有可原的。

阿德里安娜愉快地挪动着她肥硕的身躯回厨房了。令人不

1　店主的 Edward 发音为 Edvard，故译为“爱德瓦”。

安的平静笼罩了店堂，海风在外面咆哮，徒有其表的小餐馆不堪重负地微微晃动，爱德华·埃文盯着他那份《卫报》，而朱利安只能盯着被雨水冲刷的窗户。

“朱利安？”

“怎么了，爱德华？”

“说起来，真是个让人惊喜的巧合。我是你已故父亲的朋友。”

又是一团雨水砸在窗户上。

“咦，真的吗？多么出乎意料啊。”朱利安用上了他知道的最英国的感叹词。

“我们曾被囚禁在同一所骇人的公立中学里。亨利·肯尼斯·劳恩斯利。但他的校友都充满感情地称之为伟大的H. K.。”

“他常说中学是他一生中最快乐的日子。”朱利安勉强道，但并没有完全相信。

“但是，唉，要是你仔细研究过这位可怜老兄的一生，就很可能会令人痛心地得出一个结论，那就是他恐怕没有说错。”埃文答道。

他说完这句，除了再次响起的风声和厨房收音机里叽里咕噜的外语，店堂里又安静了下来，朱利安不由发觉他很想赶回空荡荡的书店去，尽管他对那儿还依然缺乏归属感。

“大概是的吧。”他呆呆地附和道。见到阿德里安娜端着松软的煎蛋卷和他要的茶走近，感激之情顿时涌上心头。

“介意我坐过来吗？”

无论朱利安介不介意，埃文都已经拿着咖啡站了起来，朱利安不知道他更应该因为哪一样而吃惊：是对方显然很熟悉他父亲不幸的一生，还是埃文深陷在眼窝里的泛红双眼、满脸痛苦的皱纹和花白的胡须茬。假如这都是昨晚宿醉的证据，那么他只怕一辈子都在饮酒作乐。

“所以你敬爱的父亲有没有提到过我？”他坐下，俯身凑近，用他憔悴的棕色眸子看着朱利安。“埃文？泰迪·埃文？”

朱利安不记得他听过这个名字。对不起。

“显贵俱乐部呢？他有没有和你说过显贵俱乐部？”

“说过。是的，他说过。”朱利安叫道，好坏暂且不论，最后一丝怀疑终于消散。“根本不存在的辩论俱乐部。由我父亲创立，第一次开会开到一半就被禁止了。学校险些为此开除他。这是他说的——他活着的时候说的。”他谨慎地补充道，因为他已故父亲的自述并不总能通过准确性检验。

“H. K. 是俱乐部主席，我是他的副主席。他们险些连我一起开除。我还真希望他们真能那么做呢”——一大口冰凉的黑咖啡——“无政府主义者、布尔什维克、托洛茨基分子，无论什么学说，只要能激怒当权者，我们就会迫不及待地引为信条。”

“他差不多也是这么形容的。”朱利安承认道，然后等对方说下去，而埃文也等他说下去，两个人都在等对方打出下一张牌。

“然后，我的天，你父亲去上了牛津，”最终开口的是埃文，他用上演戏般的颤音，压低了中气不足的音量，像小丑似的朝着天空挑起浓密的眉毛，接着斜眼瞥向朱利安，以确定后者的反应，“在那里落入了”——他同情地按住朱利安的前臂——“呃，你不会凑巧有什么宗教倾向吧，朱利安？”

“没有。”朱利安斩钉截铁地答道，他的怒火开始升腾。

“那我就继续说下去了？”

朱利安接过他的话头：

“我父亲在那里落入了一伙重生福音派的洗脑狂手中，他们受美国佬的资助，留短发，打漂亮领带，诓骗他来到瑞士的山顶上，把他变成一个走火入魔的基督徒。你想说的是不是这个？”

“也许用词不会这么激烈，但我不可能比你说得更好了。你真的没有宗教倾向对吧？”

“真的没有。”

“那你就掌握了智慧的根基。这个可怜的家伙，他来到牛津，按照他写信告诉我的，‘快活得像神仙’，大好前程等着他，到处都是漂亮姑娘——是啊，女人是他的弱点，不过有什么不对的呢？——结果大二快上完的时候——”

“他们盯上了他，我知道，”朱利安插嘴道，“然后呢？他在圣公会任职十年之后，当着星期天来听他宣教的整个羊群，站在讲坛上说：我，H. K. 劳恩斯利，本教区的牧师，在此宣布上帝并不存在，阿门。你想说的是不是这个？”

爱德华·埃文是想建议他们只讨论他父亲丰富多彩的性生活和其他放荡不羁的言行吗？当时的阴沟小报热衷于传播这种东西。他是在追问曾经辉煌的劳恩斯利一家被赶出教区住宅后一文不名地流落街头的污糟细节吗？还有朱利安本人，他如何被他父亲的早亡波及，不得不放弃念大学的希望，在老城一位远房叔父开办的商行当跑腿小弟，以此偿还父亲欠下的债务和养活他母亲？假如他真的在动这个念头，朱利安用不了二十秒就会夺门而出。

但爱德华·埃文的表情绝不是低级的好奇，而是写满了由衷的同情。

“朱利安，你当时在场吗？”

“什么地方？”

“教堂里？”

“事实上，我确实在场。你呢？你在哪儿？”

“我只希望我当时就在他身边。我一读到他做了什么事情——可惜已经晚了——就立刻写信给他，向他提供我能给他的一切帮助，无论多么微不足道。友谊的援手，我手头的一点小钱。”

朱利安花了一点时间考虑对方的话。

“你写信给他，”他重复道，用的是疑问的语气，先前不肯轻信的乌云重新投下了阴影，“你收到过任何回信吗？”

“没有，而我也不配有。你父亲和我最后一次见面的时候，我骂他是信神的傻蛋。因此即便他对我的援助不理不睬，我也不能说他做错了什么。一个人的信仰无论多么荒谬，我们也没有资格去侮辱他。你同意吗？”

“算是吧。”

“H. K. 宣布弃绝他的信仰时，我自然满心为他感到骄傲。而事实上作为一种替代，请允许我这么说，朱利安，我也满心为你感到骄傲。”

“你什么？”朱利安惊呼，不禁笑出了声，“你是说因为我是 H. K. 的儿子，而我开了一家书店？”

但爱德华·埃文不觉得有什么好笑的。

“因为，你和你亲爱的父亲一样，也找到了勇气去背离某些事物，对他来说是上帝，对你来说是贪欲。”

“这话什么意思？”

“我知道你在老城[1]是一位极为成功的商人。”

“谁告诉你的？”朱利安追问道。

“昨天晚上离开你的书店之后，我说服了西莉亚允许我使用她的电脑。谜底立刻全都揭开了，然而我却感到无比悲哀。你可怜的父亲，五十岁就去世了，留下一个儿子，朱利安·杰里米。”

“西莉亚是谁，你夫人？”

“西莉亚往昔年华的那位西莉亚，你在商业街上的杰出邻居，从伦敦来度周末的许多有钱人喜欢在她那儿扎堆。”

“为什么要偷偷摸摸地去找西莉亚？为什么不直接来书店问我？”

“我左右为难。换了是你，恐怕也会是这样。我希望是你，

1　指伦敦城。

但我不敢确定。”

“要是我没记错，当时你似乎还喝了不少。”

埃文像是根本没听见，他说：“你的姓氏立刻吸引了我。我太清楚曾经发生的那桩丑闻了，但我不知道事情后来变成了什么样，也不知道你可怜的父亲已经去世。假如你是 H. K. 的儿子，那我可以想象你一定受尽了折磨。”

“而我所谓的背离老城呢？”朱利安问，不肯轻易放过对方。

“西莉亚碰巧提到你突然间放弃了老城日进斗金的生活，她自然有理由为此感到困惑。”

朱利安非常想把话题拉回去，继续探讨爱德华·埃文曾经如何在他父亲急需帮助的时候伸出援手，然而爱德华·埃文却有其他的想法。他明显振作了起来，眼睛里重新透出狂热，说话间也恢复了先前的华丽辞藻和浑厚嗓音：

“朱利安。以你亲爱的父亲的名义。也因为天意在短短几个小时内让我们两次见面。说到你宽敞而漂亮的地下室，你考虑好那里合适陈列什么样的宝藏以及要把它打造成一个什么样的奇迹了吗？”

“呃，没有，事实上，爱德华，我好像没有考虑过，”朱利安答道，“你呢？”

“自从上次见面之后，我倒是稍微想了想。”

“我洗耳恭听。”朱利安不无怀疑地说。

“假如你在那块尚是处女地的绝妙空间里，创造出某种没人尝试过的东西，无比地诱人和新颖，乃至于附近每一个有文化和想要有文化的人都会对它津津乐道，你觉得如何？”

“比方说。”

“不仅是个二手书交易区。也不是一个毫无个性、随意堆放的书库，而是一个经过精心选择的殿堂，专门献给我们这个时代——以及所有时代——最具有挑战性的头脑。像这么一个地方，一个男人或女人从街上无所事事地拐进来，离开时得到了极大的充实和丰富，渴望更多的知识。等一等，你笑什么？”

像这么一个地方，某人不久前给自己冠上了书商的名号，却发现这个行业自有其特殊的技能和知识，你必须无可非议、不为人知地学习它们，同时表现得像是在利用早已掌握的技能和知识向公众提供服务。

然而，尽管想到了这些可恶的事情，朱利安却开始相信起了对方提出的点子。不过他还没有准备好向爱德华·埃文承认这一点。

"有那么一会儿，你说话确实有点像我的父亲。不好意思。请继续。"

"不只是伟大的小说家，他们太显而易见了。还要有哲学家、自由思想家、伟大运动的创始人，甚至我们有可能厌恶的一些人。选择者不是统治阶层死气沉沉的文化官僚，而是劳恩斯利精品书店的掌门人。名字就叫——"

"你觉得应该叫什么呢？"朱利安问，他被打动了。

埃文停顿片刻，进一步撩拨听众的期待情绪："就叫文学理想国好了。"他大声说，然后向后靠在椅背上，抱着胳膊，观察他的交谈对象。

实话实说，尽管朱利安刚开始觉得这是他听到过的最夸大其词的推销演讲，后来却以可疑的准确性击中了他缺乏文学素养的弱点，更不用说还厚颜无耻地利用了此人正在扮演的角色，虽然朱利安对其真实身份始终抱有怀疑。然而，爱德华·埃文描绘的宏大愿景直接击中了他的心灵，与他来这儿的根本原因发生了共鸣。

文学理想国？

他买账了。

这个名字朗朗上口。

很有格调，同时也具有普遍的吸引力。就用它吧。

要不是爱德华·埃文已经站了起来，他也许会给出一个比老城人膝跳反射式的“听上去很不错，让我好好想一想”更真诚的回应。爱德华·埃文拿起洪堡帽、黄褐色的雨衣和雨伞，走到柜台前，与丰满的阿德里安娜相谈甚欢。

他们在用什么语言交谈？

在朱利安听来，正是厨房收音机的播音员使用的语言。爱德华·埃文用那种语言说了句什么，阿德里安娜大笑，答了句什么。爱德华愉快地和她一起大笑，走到店门口，然后转身看着朱利安，又对他露出那个疲惫的笑容。

“我这会儿状态不太好。相信你一定会原谅我。能见到 H. K. 的儿子真是太好了。妙不可言。”

“我没注意到有什么不好的。事实上，我觉得你太了不起了。我说的是文学理想国。我希望你能来店里坐坐，多提点我一下。”

“我？”

“有什么不行的吗？”

既然一个人知道什么塞巴尔德，似乎是某种学者，喜欢书籍，手头又有时间，那为什么不行呢？

"我打算在书店楼上开个咖啡吧，"朱利安继续引诱他，"要是运气好，下周就能准备完毕。过来喝杯咖啡，咱们好好聊聊。"

"我亲爱的朋友，多么慷慨的邀请。我会尽我最大的努力来赴约的。"

爱德华·埃文再次走进暴风雨，白发像双翅似的从洪堡帽底下扬起，而朱利安起身走向收银台。

"你不喜欢煎蛋卷吗，我亲爱的？"

"非常喜欢，只是量有点大。有个问题想请教一下。你们刚才在用什么语言交谈？"

"我和爱德瓦？"

"对。你和爱德瓦。"

"波兰语，我亲爱的。爱德瓦是个波兰好小子。你不知道吗？"

不，他不知道。

"没错。但他最近非常伤心。妻子在生病。她快不行了。你不知道吗？"

"我才刚来这儿不久。"他解释道。

"我家基里尔是护士。他在伊普斯威奇总医院工作。他告诉我的。她不肯和爱德瓦说话。她把他赶出来了。”

“他妻子把他赶出来了？”

“也许她想一个人等死。有些人啊，就会这么做。他们只想快点死，也许可以上天堂。”

“他妻子是波兰人吗？”

“不，我亲爱的。”精神饱满地大笑。“她是英国人”——把一根手指横着放在鼻子底下，以表示趾高气扬。“要找零吗？”

“没事，不用了。谢谢。煎蛋卷很好吃。”

*

安全地回到店里坐下，强烈的事后反应折磨着朱利安。他一生中遇到过几个骗子，但是，假如爱德华也是其中之一，那么他就完全属于另一个级别了。你甚至可以想象，今天一早八点钟，他在滂沱大雨中耐心守候，只是想等一个朱利安从店里出来的渺茫机会，然后跟着他来到阿德里安娜的小店里，目标就是为了和他套近乎。出门时他瞥见一条人影打着伞蜷缩在街道往前的一个门洞里，那个人会不会就是埃文呢？

但他到底想玩什么把戏呢？

假如埃文渴求的是陪伴，朱利安难道不是有责任向他已故父亲的老校友提供一些关怀吗？尤其是埃文濒死的妻子还把他赶出了家门。

但还有个关键问题，爱德华·埃文——或者其他任何人——怎么会知道朱利安被切断了供水和供电呢？

朱利安为他这些可恶的念头感到羞愧，他的弥补方式是在电话上慷慨激昂地训斥几位犯了错误的同行，然后通过电脑访问他已故父亲上的那所西南部公立学校的网站，这所中学目前正在接受虐待儿童指控的调查。

他证实记录里有一位泰德（原文如此）·埃文，他是学校六年级的一名"晚入学生"。就读期间：一年。

然后他做了一连串徒劳无功的搜索，首先是"爱德华·埃文"，然后是"爱德华·埃文+学者"，再然后是"爱德华·埃文+波兰语使用者"。他没能得到任何有意义的匹配。

本地电话黄页也没有列出任何姓埃文的人。他上网查了一个地址服务：号码未公开。

中午时分，施工人员不告而来，一直待到下午三四点。水电恢复供应。傍晚时分，他翻阅前店主未完成的珍本和二手书订单，不经意间发现了一张旧卡片上写着埃文，但没有名字缩写，也没有地址和电话号码。

这位不知是男是女的埃文对好品相的精装本 N. 乔姆斯基感兴趣。多半也是某个寂寂无名的波兰佬，朱利安不屑一顾地在心里说；正要扔掉卡片的时候，他又犹豫了，在电脑上搜索 N. 乔姆斯基其人：

诺姆·乔姆斯基，著有一百多本书。分析哲学家、认知科学家、逻辑学家、公共活动家、美国国家资本主义和外交政策的批评者，多次入狱。公认的现代语言学之父和全世界最优秀的知识分子之一。

他深受打击，走进复活了的厨房，和平时一样吃完一个人的晚餐，然后上床躺下。他发现自己除了爱德华或爱德瓦·埃文，无法连贯地思考其他任何事情。他心想，到目前为止，他已经见识过了这个人不可调和的两面，不知道他还会遇到他的多少个不同面目。

最后在即将睡着的时候，他心想他自己的内心深处是不是在秘密地渴望着另一个父亲形象。他的看法是一个就非常足够了，谢谢了您呐。

-3-

这是个伟大的日子，好日子里的好日子，斯图亚特·普罗克托和妻子爱伦一整个月都在盼望这一天：他们双胞胎孩子杰克和凯蒂的二十一岁生日，在上帝的干预之下，这天刚好落在了一个星期六。普罗克托家族的三代人齐聚一堂，上至八十七岁的本叔叔，下到三个月大的侄子蒂莫西，全都来到了斯图亚特和爱伦位于伯克郡丘陵中的家，他们的屋子和土地宽敞而幽静，优雅不凡。

普罗克托家族绝不会自称上流阶层。就连“建制派”这个词也会引来不满，而“特权”与“精英”一样让人厌恶。这家人信奉自由主义，是进步的英国南方人，致力于奋斗，坚持白肤色。这家人有原则和献身精神，与社会的所有阶层都有往来，他们的钱存放在信托基金里，不是公开讨论的话题。在教育方面，他们送最聪明的孩子去温切斯特，第二聪明的去马尔伯勒，其他的则在需要或原则的驱使下，送去天南地北的国立学校。投票日到来的时候，他们不会有人把票投给保守党。或者就算有，他们也会小心翼翼地不告诉别人。

根据目前的统计，普罗克托家族出过两位博学的法官、两位御用大律师、三位医生、一位大报编辑和为数不少的间谍，但没有政客，谢天谢地。斯图亚特的一名叔父在战争期间曾任驻里斯本的签证官，咱们全都明白这意味着什么。冷战初期，家族的某个捣蛋鬼在阿尔巴尼亚组织起了一伙叛军，尽管损失惨重，但他因此获得了勋章。

至于家族中的女性，想当年，普罗克托家没有哪个女人没在布莱切利园[1]或沃姆伍德灌木林[2]效力过。和同类的所有家族一样，普罗克托家的成员从生下来就知道，英国统治阶级的精神圣殿就是它的秘密情报机构。这样的觉悟不需要直白地说出来，但赋予了他们一条额外的团结纽带。

就斯图亚特而言，除非你生性粗鲁，否则就不会问他是干什么的。或者，为什么他已经五十五岁了，在伦敦的外交部和一连串的外交岗位上工作了四分之一个世纪，却没有在国外担

1　二战期间此地是英国政府进行密码解读的主要地方。
2　位于伦敦西部哈默史密斯和富勒姆的一所男子监狱。

任大使，也没有当上永久性的什么次长，或者受封成为斯图亚特勋爵。

但你知道原因。

在春天里那个阳光灿烂的星期六聚首的就是这么一家人，他们喝着皮姆鸡尾酒和普罗塞克起泡酒，玩着傻乎乎的游戏，庆祝双胞胎的双重生日。杰克是三年级的生物系学生，凯蒂是三年级的英语文学系学生，两人都想到了办法从各自的大学溜回家，星期五晚上待在厨房里帮母亲爱伦腌鸡翅，准备羊肋排，搬运木炭和冰袋，确保母亲手边永远有一杯金汤力，因为尽管她绝对不是酒鬼，但发誓说要是不能时时刻刻喝上一口，她就没法集中精神做饭。

根据斯图亚特的敕令，只剩下槌球场没有割草，等他搭乘傍晚七点二十分自帕丁顿出发的列车从伦敦回来再说。然而杰克自作主张，借着最后的些许天光，动手修剪起了草坪，因为按照家里人常说的，厂子里出了麻烦，斯图亚特不得不在海豚广场的公寓过夜，然后明天一早搭乘麻雀屁快车（另一个家族黑话）回家。

对于他能不能及时赶回来，厂子里的麻烦会不会把他困在伦敦，家里人的内心一直有些打鼓，直到——老天保佑！——

星期六上午九点整，那辆绿色的旧沃尔沃吃力地从亨格福德车站爬上山丘，没刮脸的斯图亚特像赛车手似的在驾驶座上微笑挥手，爱伦在楼上为他放洗澡水，凯蒂大喊：“老妈，他回来了！”然后跑去煎培根和鸡蛋，而她母亲也大喊：“我的天，就让你倒霉的老爸喘口气吧！”因为爱伦是个老派的爱尔兰人，碰到危机得到圆满解决、需要庆祝一下的时候就更是如此了。

终于，准备好的节目在众人眼前上演了：摇滚乐以摧枯拉朽之势从杰克在休闲室临时拼凑的音响里震响；有人在斯巴达式游泳池旁的露台上跳舞（普罗克托家的游泳池从不加热），有人在双胞胎小时候的沙坑里打滚球，有人玩儿童打的六对六槌球；杰克和凯蒂带着他们的同学烧烤，手脚非常麻利；爱伦结束她的劳作，身穿长裙和羊毛衫，看上去既悠闲又美丽，一顶软乎乎的草帽盖住了她著名的金棕色头发，她在沙滩躺椅上舒展身体，像极了一位老贵妇；斯图亚特每隔一阵就会溜进他用屋后洗涤室改建成的书房，抱着他超级安全的绿色电话交谈；他还是一样仔细斟酌要说的话，能少说几个词就少说几个；几分钟后他会再次出现，重新变成大家熟悉的那个体贴、谦恭而愉快的主人，他总是知道该和这个老姨妈或那个新邻居说点什么，总能发现谁喝皮姆酒的杯子最需要重新斟满，也总会在有人即将被绊倒的时候敏捷地捡起地上的普罗塞克酒瓶。

然后，随着傍晚的冷风吹来，只剩下最亲近的家里人和寥寥无几的其他朋友，斯图亚特又飞快地跑了一趟旧洗涤室，回来后坐在休闲室的贝希斯坦钢琴前，按传统做他的生日表演，唱起了弗兰达斯与斯旺组合的《河马》，而返场曲是诺埃尔·科沃德劝告沃辛顿夫人——我跪下求你，沃辛顿夫人，求你了，沃辛顿夫人——别让她的女儿登台。

年轻人跟着唱，大麻的甜香气味在不知不觉间随风飘散，斯图亚特和爱伦刚开始假装没注意到，随后忽然发现两个人都筋疲力尽了，他们撂下一句“不好意思，我们老年人该休息了”，然后就上楼睡觉去了。

*

“所以到底发生了什么，斯图亚特，能告诉我吗？”爱伦对着梳妆镜开口，语气算是和蔼，爱尔兰土腔说得像是在开机关枪。“自从今天上午回到家，你就活像铁皮屋顶上的一只猫[1]。”

“我才不是那样的呢，”普罗克托辩驳道，“我的人和心思

1　英语谚语，形容人焦躁不安。

都在派对上。这辈子从没唱得这么好过。我和你亲爱的梅根姨妈聊了半个小时，还在槌球场上血洗了杰克。你说你还要我怎么着吧？”

爱伦专注而小心地取下钻石耳环，她首先拧开藏在耳后的螺钉，然后把耳环放进绸缎内衬的盒子，盒子则收进梳妆台左手边的抽屉。

“你现在也还在铁皮屋顶上呢，你看看你，连衣服都不肯脱。”

“十一点我还要去接个绿色电话，我可不会穿着睡袍和拖鞋在年轻人面前招摇过市。会让我觉得我有九十岁的。”

“所以咱们都会被卷进去吗？又是那种事情？”爱伦追问道。

“有可能什么事都没有。你了解我的。我拿工资就是为了操心。”

“好吧，斯图亚特，希望他们给你的薪水足够多。因为自从布宜诺斯艾利斯以来，我就没见过你这么心急火燎。”

布宜诺斯艾利斯，福克兰群岛战争打响之前，他担任情报站的副主管，爱伦是他非公开的副手。爱伦，圣三一学院毕业生，都柏林人，同样是情报局出身，在普罗克托和大半个情报局的眼中，这是配偶的不二人选。

“我们不会再次开战的，你不会是在希望这个吧？”他说，继续打情骂俏——假如他们真是在打情骂俏。

爱伦把一侧面颊凑到镜子前，往上面涂抹卸妆水。

“这是你正在处理的又一个国内安全的案子吗？”

“是的。”

“是你可以选择不告诉我的，还是另外那种？”

“是另外那种。对不起。”

换一侧面颊。

“你在查的是个女人，对吗？你一副正在追女人的嘴脸，是个人都能看得出来。”

虽说已经结婚二十五年，但爱伦的心灵直觉从来没让普罗克托失望过。

“既然你问到这儿了，对，确实是个女人。”

“是情报局的人吗？”

“跳过。”

“曾经是情报局的？”

“跳过。”

“是咱们认识的人吗？”

"跳过。"

"你和她睡觉吗？"

结婚这么多年以来，她从没问过他这种问题。为什么今晚忽然要问？而再过一周，她就要开始她策划已久的土耳其之旅了，陪伴她的将是她在雷丁大学的考古学导师，一个英俊得出奇的年轻人。

"据我所知，没有，"他轻快地答道，"按照我听说的，案子里的这位女士只和核心十一人[1]睡觉。"

低俗，过于接近真相。不该这么说的。爱伦放开她无与伦比的金棕色头发，让它像瀑布般披散在赤裸的肩膀上，动作娴熟得像是开天辟地以来的每一个美女。

"好吧，斯图亚特，你自己当心着点儿，"她对着自己的倒影提醒道，"明早你又要搭麻雀屁回去吗？"

"似乎只能这样了。"

"要么我告诉孩子们你去赶响尾蛇[2]会议了。会让他们兴奋一下的。"

"但是爱伦，老天在上，并不是响尾蛇会议。"普罗克托无

1　原指足球队或板球队的正选十一人，泛指一个组织里的最核心人员。
2　英国危机应对委员会的缩写俗称，直译内阁办公室简报室。

力地反对道。

爱伦发觉一只眼睛底下有块色斑，拿起粉扑轻轻擦了一下。

“那么，斯图亚特，你不会一整夜都潜伏在洗涤室里吧？因为那是在可耻地浪费一个女人的生命。还有一个男人的。”

每条走廊都在发出欢快的闹腾声，而普罗克托穿过屋子走向旧洗涤室。绿色电话底下是个酷似邮局信箱的红色基座。五年前安装这东西的时候，爱伦一时兴起，给它套了个茶壶保温套来保暖，从此就一直留在了上面。

-4-

朱利安与爱德华·埃文两次相遇后的那个星期并不缺少让他分心的琐事。

隔壁邻居提出了阴险的翻建申请，威胁要夺去库房唯一的阳光来源。

一天晚上他去参加本地图书馆员的研讨会，回来时迎接他的不是贝拉，而是紧锁的店门和收银台上一张花花绿绿的感谢卡片，宣告她对一名荷兰渔民的不朽爱情。

至于宝贵的地下室，如今在朱利安心中已经牢牢地树立起了文学理想国未来根据地的形象，却被诊断出了墙壁渗水。

然而，尽管有这么多的烦恼，他却从未停止过思考他已故父亲校友的诸多面目。他频繁想象爱德华身穿雨衣的影子匆匆经过橱窗，洪堡帽却兀自岿然不动。这个怪人为什么还不来坐一坐喝杯咖啡呢？你没有义务要买东西，爱德华，爱德瓦，或者天晓得你到底叫什么。

他越是琢磨爱德华的宏伟计划，这个念头就越是在他的内心扎根。不过，这个名字听上去还那么合意吗？是不是有点过于自命不凡了？读者理想国会不会更能吸引受众？要么读者的理想国，或者读者的新理想国，甚至于劳恩斯利的读者理想国？还是说应该稍微退一步，就叫它文艺理想国？

朱利安没有告诉别人——因为爱德华没来，他也就没人可以告诉——专门跑了一趟伊普斯威奇，请一家打印社为当地报纸上的整版广告做了几个尝试性的样稿。最好的依然是爱德华一开始起的名字。

尽管如此，在心情低落的时候，他依然因为爱德华对他父亲和他提出的冒昧推测而满腹怨气：

我背离了老城？胡说八道。我从第一天开始就是个头脑清醒的捕猎者，而且绝不是什么善男信女。我来过，我劫掠，我征服，我走人。句号。

至于我可悲可叹的父亲：也许——只是存在这个可能性——H. K. 算是某种叛教者。假如你睡了你教区一半的虔诚淑女，你和上帝的缘分大概也就到此为止了。

爱德华·埃文声称他在老伙计 H. K. 陷入绝望时，令人暖心地伸出了包括友谊、金钱和其他的援手，这又该怎么说呢？对此朱利安只能回答：下次咱们见面的时候，请证明给我看。

因为无论你在其他方面如何评价受伤下场的H. K. 劳恩斯利牧师，说到囤积毫无用处的垃圾，他可以算是独树一帜。没有任何东西会因为过于琐碎而不被存储起来，供未来并不存在的他的传记作者参考；没有哪一条布道词的笔记、哪一张没付的账单或哪一封信件——无论是来自被抛弃的情妇、愤怒的丈夫还是商人或主教——能够逃过他的自大狂罗网。

而在堆积如山的文字垃圾之中，这儿那儿埋藏着不知怎的没有和他断绝往来的朋友偶尔写给他的信件。其中有一两封确实提出愿意提供某种帮助。然而，他的老校友爱德华（或爱德瓦、泰德或泰迪）却连个影子都找不到。

正是这样的不一致，还有他迫不及待地想在解决了墙壁渗水问题之后就让文学理想国运作起来，两个原因加在一起，促使朱利安抛开他的一切顾虑，以讨论如何恢复本镇已经停办的艺术节为借口，前去拜访他在商业街这个葡萄园里的劳作伙伴，西莉亚往昔时光的店主，西莉亚·梅里杜小姐。

*

她在门前台阶上等他，双脚叉开，看模样至少六十岁了，正在难得的阳光下抽小雪茄。她精心选择了一身鹦鹉绿和橙色的和服，一串串耀眼的珠子点缀着她丰满的胸部，棕红色的头发挽成发髻，用几把日本梳子固定住。

“我一分钱也没有，年轻的朱利安先生。”朱利安走向她的时候，她开玩笑地警告他。他向她保证他要的仅仅是她的道义支持，她答道：“找错地方了，亲爱的。道义全加起来都还比不上一颗豆子。请进，来我的客厅坐坐，喝杯金酒。”

玻璃前门上贴着一张手写的告示，说这儿免费做猫绝育手术。她所谓的客厅是一间里屋，气味难闻，摆着破损的家具、积灰的钟表和猫头鹰的毛绒玩具。她从历史悠久的冰箱里取出价格标签还挂在把手上的银茶壶，把调制过的金酒倒进两个维多利亚式的大酒杯。她今天的仇恨对象是新超市。

“他们会把你挤出去，也会把我挤出去，”她用兰开夏郡特有的浑厚咆哮声线预言道，“这些混球的目标只有一个，就是让咱们这种诚实的商人破产。等他们发现你居然能挣点生活费，就立刻会另开一个产业级的图书区，只要你还没变成慈善商店，他们就不会罢手。好了，咱们来说说你的艺术节吧。我听说过大黄蜂飞不起来也硬要飞，但没听说过死了的大黄蜂还能飞。”

朱利安开始灌他的迷魂汤，这番表演已经经过了千锤百炼。他说他在考虑召集一个非正式的工作委员会来探索各种可能性，问西莉亚愿不愿意来让它增添几分光彩。

“但我希望我家伯纳德能陪着我。”她正告朱利安。

伯纳德是她的配偶；商业菜园经营者、共济会成员、兼职的房地产经纪人、镇议会规划委员会的主席。朱利安向她保证，伯纳德若是肯出席，那简直是天降福音。

两个人随口闲聊，西莉亚借此估量他的为人，朱利安任由她来试探。开蔬果店的琼斯怎么样？他出来竞选市长，但除了他老婆，人人都知道他搞大了他情妇的肚子。还有教堂背后兴建的低价住宅？等房地产经纪人和律师捞足了他们那份油水，所谓的低价恐怕也不是人人都掏得起的了。

“所以咱们是公立学校毕业的，对吧，亲爱的？”西莉亚问，用她锐利的小眼睛上上下下品鉴朱利安，“我猜你念的是伊顿，政府掏钱的。”

不，西莉亚。是国家。

“唔，要我说，你的口音倒是相当高贵。和我家伯纳德一样。我猜你一定有个非常可爱的女朋友，对吧？”——继续不加掩饰地品鉴他。

不，西莉亚，目前没有。怎么说呢，最近想静一静。

“但咱们最喜欢的是姑娘，对吧，亲爱的？”

他最喜欢的确实是姑娘，朱利安赞同道——但他还是非常谨慎，语气算不上非常热忱，因为她暗示性地凑近他，为他斟满杯子里的金酒。

“但你知道吗，小劳恩斯利先生，我听说了一两句和你有关的闲话。说实话——我很乐意对你说实话——比我能透露的多不少呢。据说你是个魔鬼般的商人，在你的领域内是佼佼者。你的朋友比敌人多，他们说这在老城很不寻常，因为那儿的竞争总是你死我活。生意怎么样，亲爱的，还是说我不该说死者的坏话？”她叽叽呱呱地说了下去，灵巧地撩起长裙，跷起一条腿，喝了一口金酒。

朱利安的机会来了，他兜了几个圈子以混淆气味，总算看到一个可乘之机，逗趣似的提起某位古怪的顾客，他在快打烊的时候挤进书店，闻起来像是喝了两三杯老酒，从上到下打量了一番书店，拉着朱利安聊了半个钟头，连一本书都没买，结果发现他——他不需要往下说了：

“那是咱们的泰迪呀，亲爱的！”西莉亚假装愤慨地叫道，“他高兴极了！老天在上，他径直跑到我这儿来，打开电脑查来查去。唉，但当他知道你父亲已经去世了——还有纠缠他的那些麻烦事——唉，天哪，天哪。”她说着摇摇头，朱利安猜测这既是在说他已故的父亲，也是在说爱德华生病的妻子。

“我可怜的泰迪啊。”她继续道，黄豆般的小眼睛又开始审视朱利安。她几乎连一口气都没停：“你没和他有过生意往来吧，亲爱的，既然你在老城曾经是个响当当的人物？”她假装天真地问道，“无论是直接还是间接的？或者按照那儿的说法，隔着一臂之遥？”

“生意往来？老城？和爱德华·埃文？我几天前才刚刚认识他，然后吃早饭的时候又偶然碰到了他”——随之而来的是个令人不快的念头——“为什么这么问？你是在提醒我别接近他吗？”

西莉亚没有理会这个问题，继续用狡诈的目光审视他：

“但他和我是非常要好的朋友，明白吗，亲爱的，我说的是爱德华·埃文先生，”她拐弯抹角地说，“就像某种特殊的朋友。”

“西莉亚，我不是想打探隐私。”朱利安连忙道，但西莉亚依然不理不睬。

“比你能想象的还要特殊。除了我家伯纳德，知道的人并不多。”她若有所思地喝了一口金酒，然后继续审视他，“不过我不介意告诉你，明白吗，你在老城毕竟有那么厉害的关系，我知道我可以信任你不会乱说。往后我甚至可以分你点生意做做。我的意思当然不是说你的生意不够好，我听说的完全不是这样。所以重点在于，我可以吗？”

“可以什么？信任我？”

“是我在问你。”

“唔，西莉亚，这个就要交给你判断了。”朱利安虚伪地说，深信他无论怎么回答都拦不住对方。

*

说来话长，她对朱利安说：十几年前一个阳光灿烂的上午，她的泰迪像一阵风似的冲进店门，拎着一个塞满纸巾的购物纸袋，从里面掏出一个中国瓷碗，放在台子上，问要是运气好，这东西能值多少钱：

“我说那要看我是买还是卖了，因为我不认识他，明白吗？

他拐进店里，说我叫泰迪，就好像他是我的好朋友，但实际上我这辈子从没见过他。我说，你要我免费替你估价，但我不是这么挣生活费的，因此我说值多少钱，你就要给我千分之五的这个数。他说什么？他说，行了，西莉亚，你别这样。给我个大致的范围就行。于是我说，要是买进，假如我为人慷慨，那就十块吧。他说，给我一万块，这东西就归你。然后他给我看苏富比的估价书。八千。哎，我又不知道他是谁，对吧？他可能只是来捉弄我的。另外他说话带外国口音。另外我对明代青花瓷一窍不通。换了谁都有可能猜十块钱，不信你出去随便找个人问问。另外你到底是谁？我问。埃文，他说，爱德华·埃文。唔，我说，不会是前面银景庄娶了黛博拉·加顿的那个埃文吧？就是那个埃文，他说，不过你叫我泰迪好了。因为他就是这个德性。”

朱利安需要搞清楚她在说什么。

“银景庄，西莉亚？”

在镇子的另一头，就是那座阴森森的大屋子。从水塔下坡，在半山腰，花园非常漂亮——至少曾经如此。以前上校还在的时候叫枫树庄，黛博拉继承下来后，现在改叫银景庄了，你别问西莉亚为什么。

上校是谁？朱利安问，努力想象爱德华处于这个不可思议的场景之中。

当然是黛博拉的父亲了，亲爱的。镇子的捐资人，艺术品收藏家，镇图书馆的创立者和赞助人，你能想到的方面他都沾了一手。我家伯纳德曾经受雇于他，供应和维护他的花园。黛博拉现在还偶尔叫伯纳德去帮忙呢。

上校把他美丽的青花瓷全都传给了她，西莉亚继续道，痛苦地喟然长叹。非常伟大的收藏，她强调道，她这个“伟大”与“贪欲”押韵。

“所以泰迪那天走进你的店里，是想私下里向你兜售家传的明代瓷器？”朱利安猜测道，却见到西莉亚惊愕地张开嘴又合上。

“泰迪？偷他妻子继承来的遗产？他绝对不会这么做，亲爱的！他比钢筋还要正还要直，这就是我的泰迪，不可能有人说他不是这样的人！”

朱利安做出恰当的受教表情，等待西莉亚纠正他的错误。

不，西莉亚说，泰迪在国外教了很多年的书，跑遍了你我这辈子到死也不会去的地方——黛博拉不在家，执行她的半官方任务还是天晓得什么去了——现在他退休了，打算用他积攒的钱，把上校伟大的收藏提高到无人能及的地步，部分通过交换，部分通过购买。

“另外他希望他的西莉亚当他的中间人、探子、购买代理人和业务代表，在高度私人和保密的基础上，绝不对外透露身份，每年以现金支付她两千镑的保底佣金，每年再从营业额中按约定比例给她一笔抽成，以现金或实物的形式，免得劳烦国税局的大人们，请问她意下如何？你说说，换了你，你意下如何？”

“他第一次来你店里，短短几分钟就成了这样？”朱利安惊呼道，暗地里想到爱德华是如何成为文学理想国未来的联合创办人和经营顾问的，那速度快得诡异，从头到尾他都没来得及吃完一份奶酪煎蛋卷。

“三次，亲爱的，”她纠正道，“同一天下午他又来过一次，然后第二天上午，他用一个信封装了两千块，全都是十块钱的票子，他早就准备好了，只等我答应下来，而且他每做一笔生意，我就有一笔抽成，具体金额由他决定——我不可能有异议，因为交易都是他在背地里完成的。”

而你怎么说？

“我说我必须问问我家伯纳德。然后我说——要是我更熟悉他的话，早就应该这么说了——老天在上，为什么来找我呢？因为你没法在太妃糖店里卖中国青花瓷，对吧？我是这么说的。或者买。另外还有一点，现如今全都是电脑和网络交易了，我连电脑都没有，更不用说知道该怎么操作了。我和伯纳德，我们是勒德分子[1]，而且为之自豪。镇上每个人都知道我们是勒德分子。但他不为所动。他来找我之前就知道，他说，他在脑袋里全都想好了。西莉亚我亲爱的，他对我说，你连一根手指都不需要动，继续做你自己就好。所有事情我都会替你打点好的。我会买电脑，我会安装和使用。我会确定买入的藏品和交易的藏品。我会学习在线竞拍。而我要你做的，他说，只是你替我开口，需要的时候在我指引下当我的门面，因为我这人喜欢躲在阴影里生活，我的退休生活全都仰仗你了。”

西莉亚抿了抿嘴唇，喝一口金酒，吸一口小雪茄。

“然后你们就这么做了，就你们两个人？”朱利安困惑地说，“无论十年还是你说的多少年，泰迪做生意，你收佣金和抽成。”

1　1811 年至 1816 年英国手工业工人中参加捣毁机器运动的人。现在泛指反对机械化自动化的人。

*

西莉亚的情绪突然急转直下，于是朱利安就愈加困惑了。

接下来的十多年，从第一天开始，一切都美好得像是泡在蜜糖里。电脑如期送到，舒舒服服地安了家——就在那儿，亲爱的，弓形前挡板的写字桌上，离你的座位还不到六英尺。爱德华想来的时候就来，当然不是每天，有时候甚至不是每周。他会坐在那把椅子里，目录和行业报刊摊在桌上，他噼里啪啦敲键盘，两个人会喝杯金酒，西莉亚接电话，替他出面。

每个月，不管天好天坏，她都会收到一个信封，她从来不数里面有多少钱，他们俩对彼此就有这么信任。爱德华有时候会外出办事，碰到这种时候，她会通过挂号信收到相同的信封，顺便还会收到两句并非情话的调情，说什么他想念她美丽的眼睛或者类似的蠢话，因为泰迪一向知道该怎么哄女人开心，他年轻时肯定所向披靡无往不胜。

“西莉亚，他外出办什么事？”

“国际性的。教育之类的事情，亲爱的。爱德华是个知识分子。”她回答得颇为自豪。

又是一声长叹，她一本正经地理了理领口，以免给朱利安以错误的信号，话题也来到了十年天堂生活结束的那个时刻。

那是一周前的一个星期天。晚上十一点，电话响了。西莉亚和伯纳德躺在沙发上，正在看电视。西莉亚拿起听筒。黛博拉·埃文说起话来一半兰开夏郡口音，一半女王陛下的标准口音。

“请问是西莉亚·梅里杜吗？是的，黛博拉，我说，是我，西莉亚。是这样的，我想通知你一件事情，爱德华和我决定立刻处理掉我们的中国青花瓷收藏。黛博拉，处理掉？你说的不会是你们伟大的收藏吧？对，西莉亚，我就是这个意思。我们想把它们从家里搬出去，最晚不过明天。好的，黛博拉，我说。那你打算放在哪儿呢？你总不能把这么伟大的收藏随便找面墙堆着过夜，对吧？唔，西莉亚，她说，过去这些年你从爱德华手上也挣了不少，而且爱德华向我保证你那儿有充足的空间，就放在你的储藏室里怎么样？

“你怎么不放在你家储藏室里，我心想——但我没有这么说，明白吗，因为可怜的泰迪。第二天下午，女王钦定的四点钟，我们来到枫树庄，哦，不对，银景庄。伯纳德拿着茶具箱和木屑；我拿着泡泡垫和纸巾。泰迪等在门口，脸色比纸还白，女王陛下在楼上她的闺房里，古典音乐开得震天响。”

西莉亚停了下来，但没停多久。

“好吧，我知道她病得很重。我很同情。我不会说他们的婚姻很美满，因为那不是事实，但我也不希望她把我当作仇人。整个屋子都散发着那股味道。你甚至未必能意识到你闻到了，但你就是能感觉到。”

朱利安对她的情绪表示认同，而西莉亚用一口金酒来安抚自己。

“于是我压低声音对泰迪说，泰迪啊，这到底是因为什么？什么也不因为，西莉亚，他说，我和黛博拉，考虑到她可怕的病情，我们决定放弃收藏了，原因就这么简单。总之，等我和伯纳德把瓷器全搬回店里，时间已经过了午夜，我脑子里只有一个念头，那么多罗马尼亚人和保加利亚人在乡下游荡，我们该怎么上保险？伯纳德在地上铺了几块毯子当床。我睡在那张维多利亚式的长沙发上。第二天正午，泰迪打电话给我。他平时不喜欢打电话的。西莉亚，我们的交易伙伴会直接安排运输事宜。黛博拉打算在适当的时候举行私人拍卖会，她完全有这个权力。麻烦你算一下我欠你多少搬运和保险费。泰迪啊，我说，我在意的不是钱，因为我不缺钱。请你告诉我究竟发生了什么。西莉亚，他说，我已经告诉过你了。我们放弃收藏了，除此之外还需要说什么呢？”

她说完了？似乎是的，此刻她在等待他开口。

“所以伯纳德怎么看？”他问。

“她需要钱看医生。我说纯属胡扯。她有她父亲的钱，还有她本人的健康保险，还有她的半官方任务挣的天晓得多少钱。另外，凭借她的伟大收藏，她可以买下半条哈雷街，完后还能剩下不少呢。”西莉亚轻蔑地答道，碾灭小雪茄的烟头。“所以你有什么看法，聪明的朱利安先生？因为我听说你是个才华横溢的年轻人，既然咱们的泰迪是你已故父亲的校友，而由于他妻子的不幸病重，他完全拒绝和他往日的密友西莉亚来往——而我这人太懂得礼貌，不愿意在这么一个时候去打扰他——也许你能提供一点什么消息”——从她突然涨红的脸蛋和陡然升高的音调，看得出她现在非常生气了——“无论是来自泰迪本人，还是你在老城的诸多朋友和仰慕者之一，总之只要和某一批极为出色的中国青花瓷收藏的下落有关就行。也许是报纸成天说的什么中国富豪一掷千金买了下来。或者你们老城的某个犯罪辛迪加。我想说的只是”——嗓门越来越大——“这笔交易我没有收到哪怕一个铜子儿，因此假如你能帮忙打听一下，我不但会感激不尽，小朱利安先生，而且会以生意人的方式表达谢意，你明白我的意思吧。青花西莉亚，业内以前这么称呼我。现在没人叫我这个名字了，明白吗？再也不会了。该死！肯定是西蒙，来买我的金器。”

宣告西蒙到来的是一阵瑞士牛铃的叮当声。西莉亚一跃而起，动作敏捷得不可思议，她抚平和服臀部的褶皱，扶正插在指甲花颜色头发上的日本梳子。

“从后面出去吧，亲爱的，可以吗？我不喜欢让不同的口味混在一起。”她说，走向店面。

-5-

他的孩子或许正津津乐道于爱伦为他们的父亲创造的虚构形象，想象他躲在白厅的某个地下密室里，与秘密世界的首脑商谈国家大事，但现实中这位先生本人却坐在行驶缓慢的周日列车的经济车厢里，听着嘈杂的铿锵碰撞和吱嘎呻吟声，看着列车靠近东英吉利一个偏僻小站的月台。在普通人眼里，他更像是属于往昔而非今天，然而这很可能正是他的意图：一身商务正装（不是他最新的一身）、黑皮鞋、蓝衬衫、缺乏特色的领带。你会觉得他也许是个小镇上的大人物；当地的政府官员，星期天心情愉快地加个小班。

和车厢里的其他人一样，他也在读手机短信。全都是明文：

哎，老爸！老妈不在的时候能借沃尔沃一用吗？杰克

老妈：别去叙利亚边境乱挖！！！告诉她老爸！！！

爱你，凯蒂☺

他的助理安东尼娅昨晚十一点半：全球搜索证明没有历史性独立片段被记录，安。

他的副手：斯图亚特，老天在上，别去惊吓马匹。B.

一辆皇家空军的皮卡停在站前广场的另一头，引擎盖上印着白色的徽标。一个下士百无聊赖地坐在方向盘前，看着普罗克托走向他。

“叫什么？”

“皮尔森。”

下士查看名单。

“找谁？”

“托德。”

下士从车窗里伸出一条胳膊。普罗克托掏出塑料卡片套递给他，里面装着一张破旧的磁卡。下士摇着头，从卡片套里取出磁卡，插进仪表盘上的卡槽，等了一会儿，然后抽出来还给他。

“知道几点回来吗？”

“不知道。”

普罗克托坐在副驾驶座上，望着平坦的野地从窗外掠过。萨福克狗节快到了。路边的无数张海报都在这么说，但他看不清具体的日期。车开了半个小时，一个镂刷的箭头指向一条遍布车辙的水泥路，中央车道上生长着野草。一道自命不凡的拱门在前方拔地而起，仿佛曾经辉煌的好莱坞制片厂的大门。一架反复油漆过的喷火式战斗机由钢柱支撑，永远在拱门之上翱翔。普罗克托下车。身穿迷彩服的哨兵像抱婴儿似的搂着自动步枪。仰头望去，英国、美国和北约的旗帜在上午十点来钟的阳光中没精打采地耷拉着。

“知道几点回来吗？”

“你问过我了。不知道。”

沙袋垒砌的检查站里天晓得为什么挂着彩带，一个女性空军上士拿着写字板，对照名单检查他的证件。

“所以你是单次访客、民间承包商、仅限英国人进入、三级，”她说，“是这样吗，皮尔森先生？”

是这样，没错。

“你知道的，皮尔森先生，你在基地内的所有时间，都必须由基地内一名经过授权的人员陪同。”她提醒他，按照她受到的训练，直视他的眼睛。

他坐在一辆吉普车的后座上，车以送葬的缓慢速度驶过闪闪发亮的新割草坪，那位空军上士和另一名下士司机坐在前排，普罗克托想到了很多事情，唯独懒得去想这次任务的微妙特性。他想到了他在预科学校打板球，想到了休息室里的甜茶和小面包。他想到了爱伦身穿围裙在厨房里转悠，等着看谁想吃早饭。再过一个星期，她就要去执行她伟大的考古任务了。她从什么时候对古代拜占庭帝国产生了那么大的热情？答案：自从她把野外行头铺在他们卧室走廊对面客房的床上起。他想到儿子杰克，希望那小子能多关心一点政治，少去老城寻欢作乐。他想到女儿凯蒂和她那位橄榄球健将。她有没有和他说过那次堕胎？她有什么理由要告诉他呢？他又不是孩子的父亲。然后他再次想到可怜的莉莉，尤其是她在滂沱大雨中拖着婴儿车下台阶的画面，真是让人良心难安啊。

喷气式飞机震耳欲聋的巨响把他猛地拉回了现实中。号声随即吹响，然后是一个得克萨斯口音的女人在大喇叭里点名。恩里科·冈萨雷斯特种兵赢了大乐透。罐头掌声。吉普车绕过粉刷得五颜六色的机库和漆黑的轰炸机——简直是个军事迪士尼乐园——驶下绿草茵茵的土坡，朝着一片绿色小屋而去，这片小屋围成一圈，挂着蓝色的旗帜。旗帜上有彩色圆形标志，小屋外有铁丝网。空军上士拿着写字板下车，飞快地领着他走过几排仪式性的郁金香，来到一座带游廊的单层小屋前。红木地板擦得亮极了，他踩上去时能看见鞋底的倒影。薄薄的木板门上挂着一块牌子：“英国首席联络官，敲门进入。”办公桌前坐着一个四肢修长的男人，他与普罗克托年龄相仿，也许还要老一些，正在读一份文件。

“托德先生，皮尔森先生来了。”空军上士通报道，不过托德先慢条斯理地在文件上签字，然后才抬起眼睛看人。

“你好，皮尔森先生。”他说，从办公桌前起身，敷衍了事地向普罗克托伸出一只手，“咱们没见过面，对吧？星期天跑来找我，算你勤快。咱们应该没有毁掉你周末的安排吧？谢谢你，空军上士。”

门关上了，空军上士的脚步声在走廊里远去。托德一直站在窗口，等她走到郁金香花丛另一头的安全距离外才开口。

“斯图亚特，介意和我说说你跑到这儿来干什么吗？”他说，“像偷渡似的溜进我的基地？老天在上，我就住在这儿。”

普罗克托没有回答他，只是点点头表示理解。

他继续道：“要是电话响了，跑道那头的汉克朋友说：‘哎，托德，听说普罗克托在你那儿，怎么不带他来食堂喝一杯？’你说我该怎么回答？”

“我和你一样深感抱歉，托德。我猜总部只希望星期天他们都能出去打高尔夫。”

“就算他们不在也一样！还有中情局和天晓得哪些机构的人成天从早到晚在这儿转悠呢。好吧，不是从早到晚，但也足够多了。老天在上，你是神医普罗克托，掌管国内安全的大人物。猎巫团的团长。他们认识你。要是他们发现你在这儿怎么办？会搞出一个不可收拾的烂摊子的，而且会全都撂在我头上。坐吧，喝杯该死的咖啡。真是活见鬼了。”

他朝桌上的内线电话吼了一句“两杯浓咖啡，谢谢，本”，然后一屁股坐进一把椅子，指尖恼怒地按住眉头。

要是情报局还在提供同情性的岗位（不过普罗克托觉得不太可能），那么很少有人能比他更配得上这份同情了。假如情报局在奖励忠诚，那么在普罗克托看来，这位英俊得吓人的托德实在太配得上这份奖励了，他以不可动摇的忠诚前往情报局最需要人手、情况最糟糕的热点地区执行任务，获得了两枚英勇勋章，同时也丢掉了两个老婆。

“家里都还好吗，托德？”他好心地问候道，“所有人都健康快乐等等等等吧？”

“一切都好得很，托你的福了，斯图亚特，”托德答道，立刻精神了起来，“你大概已经听说了，总部又给了我一年，然后就要欢送我滚蛋了。我在客厅上面搭了个阳光房，要是我哪天想卖掉，能给屋子的估价增加几镑。我还在考虑卖不卖呢。情况不太明朗。”

“简妮斯呢？”

“还在联系，谢谢你了，斯图亚特。对，我们还是好朋友。你应该是知道的，我非常爱她。她在考虑回我身边来。不敢百分之百确定她这么做对不对，但我们还是想试试看。爱伦还好吗？”

“好得很，多谢问候。刚出发去伊斯坦布尔。一定会替你向她问好的。孩子们呢？”

“还行吧，毕竟是成年人了，明白吗？我还给他们留着房间呢。多米尼克，他有点迷惘。四处漂泊的生活对他没好处。有些情报局的孩子喜欢这样。有些不喜欢。他说他戒毒了，不过他强制戒毒的地方不是这么说的。他最新的爱好是烹饪。说他一直想当个大厨。我倒是头回听说，不过人各有志。说不定这就是他的路呢。只要他能一心一意走正道就行。”

“你那个迷人的女儿呢？带来参加圣诞派对的那个。”

“丽兹不需要我操心，谢天谢地。她的画家男人似乎在现代艺术世界闯出了一片天地——前提是你喜欢那种玩意儿。就个人而言，我算是喜欢的。不过他能不能在商业方面获得成功，那就是另一码事了。我把我两个前妻啃过的钱包里的东西全塞给了她，现在只希望他能在我破产前成功了。”想到这个可能性，托德不禁苦笑。

“我们必须永怀希望。”普罗克托衷心祝福道，这时咖啡终于送来了。

*

托德驾驶着一辆破旧的切诺基，在两英里长的空旷跑道上疾驰，普罗克托觉得要是速度计没坏，肯定会说他们开到了每小时八十英里。有那么短短的几秒钟，托德又变成了往日里那个灿烂夺目、驰骋沙漠的异类。

“所以你来这儿只是因为一个纯粹的技术性错误，”他在喧嚣声中喊道，“我没弄错吧？”

“没错。”普罗克托也喊道。

“不是人为错误。而是技术性的，对吧？就像这个小美女。”

“太对了。”

"按照总部的说法，那是个偶发事件。发生在星期五下午四点钟。"

"说偶发是正确的。没必要指责任何人。仅仅是个技术性的偶发事件。"普罗克托确认道。

"昨晚九点钟，那是意外差错。偶发事件、意外差错，哪个更糟糕？"

"不知道。那是他们的用语，不是我的。"

"到了今天上午，就是个五星级的泄密漏洞了。仅仅十个小时，一个偶发事件就变成了泄密漏洞，你居然还说只是个技术性的错误？无论按照什么标准，泄密漏洞都是人为的。我没说错吧？"

在手刹的帮助下，谢天谢地，车终于及时停下了。托德转动钥匙，等待引擎熄火。在一触即发的寂静之中，两个人坐在座位上一动不动。

"我是说，斯图亚特，泄密漏洞他妈的——不好意思——怎么可能是技术性的呢？"托德再次反对道，"我是说，泄密的必定是人。不是他妈的光纤。也不是他妈的隧道。而是人，没错吧？"

但普罗克托对这种慷慨激昂的说话方式不感兴趣。

“托德，我得到的命令是紧急检查管道，报告有可能存在的故障。句号。”

“老天在上，斯图亚特，你他妈又不是技术员，”托德抱怨道，两人回到沥青地面上，“你是凶狠的猎犬。我想说的就是这个。”

地面上的会议室是一节货运车厢，没有窗户，长四十英尺，电视屏幕覆盖了一端的墙面。假窗前装饰着蜡制的假花，画着蓝色的天空。一张胶合板的会议桌纵向放在车厢里，桌子中央放着几台电脑，两侧摆着学校里的那种椅子。

“你们的联合团队以前就是在这儿打硬仗的。”普罗克托猜测道。

“现在有需要的时候也还会使用，谢谢您了，不过我承认机会并不多。只要阳光普照就在这上面，要是拉响警报，就以最快速度去鹰巢。”

“鹰巢？”

“我们专用的抗核打击地洞，在地面下三百英尺处。听说以前门上有张告示，可惜后来被人撕掉了，上面写着：此处不可思议的正是思想。其实不是特别好笑，但说到威慑，你能找到笑料的时候就多笑笑好了。参观一下？”

"那就恭敬不如从命了。"

托德的所谓参观是他为近年来越来越少的贵客准备的一堂历史课。普罗克托猜测，再过一两年，就会变成国家信托基金或古迹委员会某位口齿伶俐的女士向游客背诵经过大幅度删减的同一篇讲稿了。

托德说这个设施的历史可以追溯到冷战期间，普罗克托对此并不怎么吃惊。它的设计主旨非常单一，简而言之就是储存核弹、发射核弹和在需要时承受核弹攻击，同时发挥指挥控制中心的机能：

"因此，地下除了储藏室，还有一套该死的隧道迷宫。隧道连接着这个地区的所有基地，从战斗机指挥部到轰炸机指挥部到战术指挥部到战略指挥部到天晓得什么指挥部一个不落。全都是超级机密，连你我都不够等级。这儿有个笑话是说，美国佬掏空了整个东英吉利，只把地壳留给我们。以前隧道里安装着电缆的管道。电缆退出舞台后换成光纤，今天也还是这样。直到死亡把我们分开——甚至很久以后——也不会有什么改变。所以？"

"所以。"普罗克托附和道。

"从上述光纤隧道里拉出来的是我们完全封闭的回路。与外部隔绝，只供我们使用。不连接更广阔的世界。没人用它以折上折抢购大型家电或者回应西班牙囚徒的绝望哀求，没人不理智地用它看色情图片。从没有青春期脚本狂魔或好打听的德国无政府主义者黑进这套系统。物理上就不可能。所以，总部那该死的泄密漏洞到底会出在哪儿呢，假如不是人为因素——”

托德坐进一把椅子，摊手摊脚地往后一躺，讥讽地仰望天花板，等待普罗克托的回应。但普罗克托无话可说，只能给他一个同情的笑容。他也在思考这场哑谜到底要打到什么时候去。

*

“那么，托德，和我说说你的团体在实际中具体是怎么做事的，”普罗克托诚恳地问对方，“当然了，有需要的时候你们还是要做事的，对吧？”

他们以能摔断脖子的速度开回托德的办公室，就着健怡可乐吃总汇三明治。

“据我所知，还是以前的方式。”托德不情愿地答道。

“具体说说？”

“唔，拿 9 · 11 和震慑与恐吓行动来说吧，节目差不多每天连轴转。基地变成了五角大楼的智库，英国佬只是个添头。五星上将像悠悠球似的飞来飞去。中情局、宇航局、国防部和白宫的高级官员。你随便说个部门好了。还有我们从全国各地抽调来的精英团队：查塔姆研究所[1]的这个教授、战略研究所的那个博士，还有万灵学院还是哪儿的几个机灵鬼。然后他们钻进地洞，从早到晚琢磨不可思议的想法。奇爱博士那种玩意儿。末日大战的应急计划。红线应该画在哪儿。什么时候用核弹炸谁。谢天谢地，全都比我的工资等级高一点点。很可能也比他们的高。”

“那时候他们难道不处理什么更具体的事务吗？还是只玩天下大势一局棋的游戏？”普罗克托问。

“哦，还是有几个地区性的次级委员会的，哪怕今天也还有。后苏联时代的俄罗斯有一个专门的委员会。东南亚曾经有一个。中东的一直有。直到某个时候。”

“什么时候？”

“布什-布莱尔时代，他们超级风光。然后换了个头脑稍微冷静一点的美国总统，神经就没那么绷紧了。斯图亚特啊。”

1　即皇家国际事务研究所。

“怎么了，托德？”

“真的是技术性的泄密漏洞，对吧？因为我的密级不够，从这儿流出去的文件我他妈连一份都没看过。我不在魔法师的圈子里，我也不想在。总部查过他们自己的屁眼了吗？”

“我猜他们正在非常认真地盘查魔法师的圈子呢。”普罗克托答道，感觉时机应该成熟了。

*

他们站在地洞里，内部人士管这儿叫“鹰巢”，快速下降使得普罗克托的耳膜还没泄压。同样的胶合板会议桌，同样的学校椅子。同样的巨型电视屏幕，这会儿同样暗着。同样的一排电脑，也同样没开机。头顶上是同样暗淡的条形灯。同样的假窗户，同样的蜡制假花和蓝天。让人觉得是一艘被放弃的破船，正在缓慢沉没。散发着衰败、老旧和机油的怪味。

“这一侧是英国佬，那一侧是美国佬，”托德背诵道，“电脑以总线形式互相连接。总线本身是自治的。”

“绝对没有外部连接吗？”

“东英吉利还到处都有基地的时候，存在外部连接。每关闭一个基地，就掐断一个延伸段。此刻你头顶上三百英尺处是英伦三岛最后一个还在使用的美英联合战略基地，当然了，特别行动部除外。想要实现技术性泄露，基地组织或者中国人或者你能想到的随便什么人都必须在上面的跑道中央挖个他妈的大洞，然后还得一大早就填平了离开。”

“假如明天突然拉响警报，比方说召集以前的苏联子委员会迅速集结，”普罗克托想象道，尽可能偏离他真正的目标，“那就会是这样的：把与会者全都弄到基地来，拖着他们钻进地洞，然后拉起吊桥。万一查塔姆研究所的某个教授误了火车——”

“算他倒霉。”

“要是中东子委员会，你说过他们比较忙一些，规则也是一样的。”

“除了黛博拉。特殊情况特殊对待。”

“黛博拉？”

“黛比[1]·埃文。情报局中东局势的头号分析师，老天保佑她。或者说曾经是。你认识黛比的。她告诉过我，她去找过你。她问我万一她有个人安全问题需要解决，是不是应该去找

1　黛博拉的昵称。

你。我说没错。”

“你说‘曾经’是什么意思？”

“她快死了。总部没告诉你吗？我的天。这要不是技术性错误，还有什么能算是？”

“她怎么了？”

“癌症。好几年了。有段时间好转了，然后又恶化了，现在是晚期了。她打过电话与我道别，说她偶尔很难打交道，真是对不起了。我说不是偶尔，而是一直。我哭得稀里哗啦的，而她还是那个黛博拉。真是难以置信，他们居然没告诉你。”

幕间休息，两人一致赞同，人力资源部的某些人真的应该端正一下态度了。

“然后她叫我就此切断链接，因为她再也用不上了。唉，我的天。”

“具体是什么时候，托德？”

“一周前。然后她又打了个电话，以确定我照她说的做了。标准的黛博拉。”

“你前面说她是个例外：除了黛博拉，你好像是这么说的。”

“是吗？嗯，对，其实也算运气好。沿着同一条路走五英里就是黛比家，简直是一座皇宫。她父亲以前在情报局的时候住在那儿。屋子底下正巧就是一条直连管线，从这儿通向萨克斯曼德姆附近的一个基地，而那个基地早就不复存在了。那段时间中东刚好闹得不可开交。黛比情况很糟糕，正在化疗，但黛博拉这个人不肯认输，而情报局也不想失去它最优秀的分析师。我们没花几毛钱就挖了个洞，把她连进系统。”

托德产生了一个可怕的念头：

“但是老天在上，斯图亚特，咱们不会认为这就是你在找的技术性漏洞吧！她绝对是国家的忠实卫士，再说她家周围几英里之内都荒无人烟。”

对此普罗克托答道，别担心，托德，咱们都知道总部的假发里进了马蜂是个什么混蛋样子。

*

回到托德的办公室，等空军上士开着吉普车来接普罗克托的时候，他们的话题再次转向可怜的黛博拉·埃文。

“不过我从没去过她家，”托德悔恨地说，“现在去就太晚了。要是她允许，我会像子弹似的飞过去。情报局是一码事，她的个人生活是另一码事。听说她在哪儿有个丈夫，不过不是她说的。有人说那家伙四海为家。做点教育工作，做点援助工作。常年待在海外。没提到过孩子。有一次我问她生活中还有没有其他人。她的回答差不多等于你别多管闲事。你找到了吗？”

“漏洞？我看没有。要我说，纯属小题大做。天晓得他们到底在查什么。要是我两天内没再来找你，那你就当事情已经过去好了。另外，托德，照顾好你那个儿子，”听着吉普车在门外停下，他嘴里还在说话，“国家需要每一个优秀的厨子。”

*

两节古老的车厢之间，普罗克托站在晃来晃去的厕所门口，发短信给他的副手：

证实存在未经记录的链接。链接于一周前在目标个人的请求下切断。

他想再加一句“再次证明了总部只见点不见面的毛病”，但和平时一样，他克制住了自己。

-6-

特快专递送来了十二本平装的 W. G. 塞巴尔德《土星之环》。朱利安给自己拿了一本，每天晚上强迫自己读上几十页，睡觉前上谷歌搜索世界文学中的伟大名字。

他去伦敦出了一趟差，顺便看了看他的公寓，提醒房产经纪人他一直在催他们快点出手。他们说市场正处于飞速上升期，他难道不愿意再等两个月，多挣五万英镑吗？

为了缅怀过去的好时光，他打电话给一个即将嫁给富商的前女友叙旧。富商刚好不在，而好时光似乎也不像他想象中的那样早已过去。他好不容易才保住自己的名誉没有受到玷污。

他花了一天去伦敦附近的奥尔德伯格镇朝圣，跪坐在一家全国知名的独立书店的老板脚下，讨论阅读节和读书会，发誓要认真学习。离开时他深信，无论他读多少本塞巴尔德，都不可能获得成功；然而，随着早来的夏天有望提前挤走春天，他的心情雀跃了起来。真正的大活人涌入书店，更令人惊讶的是他们甚至在买书。但爱德华·埃文不在他们的行列之中，日子一天天过去，文学理想国的梦想变得越来越遥远。

会不会是黛博拉去世了，而朱利安没收到消息？本地报纸似乎不这么认为，本地电台也一样，而西莉亚和伯纳德去兰萨罗特岛度假了。

“泰迪啊，他最近不来了，我亲爱的。”阿德里安娜告诉他，他在晨跑途中拐进了那家街边小吃店。“也许是她对他说，爱德瓦，我的好男人，你现在应该待在家里。”

那基里尔呢？

“基里尔从 NHS[1] 出来了，我亲爱的。基里尔现在私人做了。”

贝拉当了逃兵之后，他必须找人顶替她。他只登了一次广告，不适合的候选人却蜂拥而至。他每天要面试两个人。

每天打烊之后，他出门散步。晨间的慢跑是为了身体，傍晚的散步则是为了灵魂。从买下书店的那天起，他就向自己发誓，有朝一日他要穿上靴子，走遍他选择的这个小镇的大街小

1 英国国家医疗服务体系。

巷。不仅是夏季游客喜欢的那些街道，去欣赏诺曼式教堂，那座红砖和燧石垒砌的建筑物已经屹立了上千年，为我们忠诚的人民充当瞭望塔，也为我们勇敢的水手在海上指引方向——参见去年的导游手册，在我们无休止地等待新版本上市期间，已经降价至五点九六镑。也不仅是色彩柔和的维多利亚式旅馆、旧世界风格的寄宿公寓和爱德华时代的海边别墅。他说的是真正的街道，是工人居住的排屋和渔民聚居的后巷，这些十英尺宽的笔直小巷从树木林立的山顶通向铺石板的岸边。

现在，除了地下室的货架——他准备留到完工那天再安装——书店的改造终于告一段落，因此他觉得自己可以自由自在地投入镇上的风景了，去释放一个渴望拓展新生活的边界和摆脱过去生活的男人受到抑制的全部激情。再见了，空调房间里的跑步机，再见了，太阳灯和桑拿房；再见了，用烈酒来庆祝一次次胆大妄为但对社会毫无用处的金融政变，也再见了，狂欢过后不可避免的一夜情。往昔的伦敦佬已死。胸怀大志的小镇单身书商万岁。

好吧，偶尔在和美丽的陌生人不小心对视的时候，记忆里令人羞愧的糜烂过去确实会让他苦恼，他会对那些挂着蕾丝窗帘和电视屏幕闪烁的可敬住宅表达悔恨。然而等他拐过另一个路口或穿过又一条街道，他的良知就会平静下来。是的，是的，我曾经是一个糟糕的坏男人。但现在我改过自新了。我放弃了金子的光芒，追求故纸的香味。我正在营造我名副其实的新生活，而且未来还更加可期。

只有马修——一位二十二岁的失业舞台设计师，朱利安在走投无路之下暂时雇用了他——胆敢怀疑他的决心。他从储藏室的桌上抬起头，看了看全副武装的朱利安（徒步靴、防水外套、油布帽），又看了看外面已经下了一整天的滂沱大雨，发自肺腑地惊呼道：

“朱利安啊，你不会是想在这个天气出去吧？你会感冒病死的。”雇主没有回答他，只是报以宽容的微笑，他又说：“朱利安，我不想琢磨你到底是在为了什么惩罚自己，我真的不敢想。”

*

因此，也难怪他会在夜间漫游的途中屡屡（频繁得超过了他愿意承认的程度）不由自主地爬上镇子另一头草木苍翠的山丘，沿着一间废弃校舍的石砌外墙走过一条坑坑洼洼的小径，然后下坡来到两扇熟铁大门前，门上赫然刻着“银景庄”三个大字。黑暗中的平整前院里停着三辆车：一辆旧路虎、一辆大众甲壳虫和刷着当地医院徽标的面包车。

屋子脚下面朝大海的方向是高低两层花园。婚姻已经恢复和谐了吗？他望着银景庄，竭力说服自己相信确实如此。阿德里安娜和她家基里尔在编故事。此时此刻，爱德华正忠实地坐在他家黛博拉的床边，就像朱利安坐在他母亲地狱般的养老院的床边一样，闻着食物腐烂和肉体衰老的怪味，听着破旧推车叽叽嘎嘎的车轮声和低薪护士喋喋不休的交谈声在走廊里回荡。

他发现还可以从另一个更好的角度观察这座屋子，前提是你不介意稍微入侵一下私人土地，而他并不在乎。沿着山坡向下走一百码到新建的医学中心，穿过主楼背后的停车场，不顾继续向前就会遭遇生命危险的癫狂警告，从一道铁丝网底下钻过去，爬上变电站旁的瓦砾堆，然后你会见到同一幢屋子皱着眉头俯视你。它的一楼有四扇宽阔的法式落地窗，全都拉着厚实的窗帘，只从窗户两侧漏出一丝光线；另外还有第五扇窗户，很可能开在厨房里；二楼同样有一排窗户，但只有两扇亮着灯，分别位于屋子的两头，各自尽可能地远离彼此。

在一次偷窥之中，他似乎在其中的一扇窗户里瞥见了爱德华·埃文满头白发的孤独身影踱来踱去。他的愿望也许真的传到了对方心中，因为第二天晚上——那天他花了一整个上午向意兴阑珊的镇议会鼓吹艺术节的魅力——离打烊只有几分钟的时候，你猜他发现是谁在书店门口徘徊，询问他能不能进来。当然就是头戴洪堡帽的爱德华·埃文本人了。

“我没有打扰你吧，朱利安？能分给我几分钟吗？”

“你要多少分钟就给你多少！”朱利安叫道，笑着迎了上去，和过去一样被对方握手的力量捏得龇牙咧嘴。

但他克制住了冲动，没有催促爱德华下楼去空荡荡的地下室。他首先需要解决一个问题。新开张的咖啡吧更适合这个目的，它提供了一个没那么情绪化的环境。

*

格列佛咖啡吧是朱利安为喜欢读书的母亲及其孩子设置的诱饵，藏在一道魔法楼梯的最顶上，楼梯上挤满了头戴尖顶红帽的精灵和仙女。咖啡吧的墙上，笑容可掬的格列佛在向小人分发书籍。易于打扫的店堂区域摆放着适合儿童身高的塑料椅、桌子和书架。咖啡柜台里是一面格列佛主题、与墙等长的粉红色镜子。

朱利安用崭新的咖啡机做了两杯双份浓缩咖啡。爱德华从雨衣口袋里掏出小酒壶，往两个人的杯子里各加了一点苏格兰威士忌。这个警觉的男人是不是觉察到了某种紧张的气氛？这会儿朱利安有充足的时间，可以在天花板灯光下仔细打量对方。爱德华变了，正如任何一个妻子即将去世的男人都会有所改变：目光变得更加内敛，下巴的线条变得更加清晰，也因此变得更加坚毅，飘逸的白发变得更加服帖了。但他富有感染力的笑容一如既往地能让你放下戒心。

“假如你不介意的话，咱们首先需要解决一个问题，”朱利安开口道，特地加重语气以示警告，“事关你与我先父之间的关系。”

“当然没问题了！你尽管说，我亲爱的朋友。你完全有资格问个清楚。”

“也没什么，就是我好像记得你说过，你在英国报纸上读到他如何受辱和被解除圣职，于是非常慷慨地写信给他，愿意就金钱、友情或他有需要的任何方面帮助他。”

“作为他的朋友，这是我起码能做到的。”爱德华回答得非常庄重，对着粉红色的镜子喝了一口加料的咖啡。

“也非常值得赞美。然而他去世之后，你要明白，我翻遍了他的所有信件。我父亲的囤积癖比得上一只仓鼠。他很少扔掉东西。”

“而你没找到我写给他的信？”爱德华那张表情瞬息万变的脸露出了发自肺腑的惊愕。

“呃，只有一封信难以说明来路，”朱利安承认道，“信封上贴着英国的邮票，盖着白厅的邮戳。里面是一封手写的信件——实话实说，笔迹非常潦草——用的是英国驻贝尔格莱德大使馆的信纸。信里承诺可以给予金钱和其他方面的帮助，落款写的是浮士德。”

镜子里，爱德华的倒影一时间变得惊慌，随即恢复正常，露出愉快的笑容，朱利安说了下去。

“于是我写信过去，明白吗？亲爱的浮士德先生或女士，感谢您的关心，但我非常抱歉，不得不在此通知你，家父已经过世。大约三个月后，大使馆把我的信寄了回来，附上一张趾高气扬的字条，说大使馆的人员名单上没有浮士德先生或女士，不但现在没有，过去也没有。”他说完了，却发现爱德华在镜子里对他露出的笑容变得越发灿烂。

“我就是你要找的浮士德，”他说，“我刚来到那所糟糕透顶的学校时，同学们给我起了这个外号，至于原因，我完全明白，因为我带着外国人的气息，脾气又是那么阴沉。结果他们都叫我浮士德。后来我在 H. K. 处于低谷的时候给他写信，希望使用老朋友的绰号能拨动他恋旧的心弦。唉，看起来是我猜错了。”

听到他这么说，解脱感排山倒海而来，朱利安无论如何也不可能想象他竟然会这么欣慰；表情的变化没能瞒过爱德华，两人的笑颜在镜子里对视。

“但世上有那么多去处，你为什么单单选择待在贝尔格莱德呢？”朱利安不肯放过他，“波斯尼亚战争[1]打得最凶的时候，你肯定就在贝尔格莱德。”

这次爱德华回答得远不如朱利安希望的那么快。他的脸沉了下去，在回忆中噘起嘴唇。

“是啊，我亲爱的朋友，一个人能在战争中干什么呢？”他反问道，像是世上最讲道理的一个人，“他当然是在尽其所能地阻止战争了。”

“咱们去楼下看看吧。”朱利安建议道。

*

他们肩并肩站着。两个人都不说话，沉浸在各自的思绪之

---

1 又称波黑战争，是指从南斯拉夫联邦独立的波斯尼亚和黑塞哥维那与多方之间的战争，持续时间为 1992 年 4 月至 1995 年 12 月。

中。渗水问题已经解决。按照包工头的说法，地下室现在就是个特大号的干电池了。文学理想国不会因为潮气而沦陷。

“好极了，”爱德华钦佩地说，“我注意到你重新粉刷了墙面。”

“我觉得白色有点太刺眼。你觉得呢？”

“那是空调吗？”

“新风系统。”

“新加的插座？”爱德华问，没有试图掩饰语气深处的担忧。

“我叫施工队把排线分散开。电源插座永远多多益善。”

“装修的气味呢？”

“再过两天就散掉了。我已经有书架的样品了。感兴趣的话不妨也看一眼。”

“当然感兴趣了。不过首先我有些话要对你说。你肯定已经知道了，但出于礼貌而绝口不提，我亲爱的妻子黛博拉正在遭受不治之症的折磨，她的病痛很快就要走到终点了。”

“爱德华，我确实知道。我感到非常抱歉，要是有什么是我能帮忙的——”

“你已经在帮忙了。远远超过你的想象。自从你想到要建立一个流行经典图书馆，邀请我来协助你创办它，你的提议就成为了我的精神支柱。”

是我想到了这个点子?

爱德华从雨衣口袋的深处掏出一沓大页书写纸，这几张纸沿纵向折叠，装在防水的塑料信封里。

“可以吗?”他问。

在新安装的天花板照明灯的灯光下，朱利安怀着越来越高涨的热情，似懂非懂地浏览着六百个书名及其作者，每一个名字都是用外国人的笔迹仔仔细细地抄在纸上的。而爱德华很懂事地背过身去，认真检查一个个电源插座。

“你愿意考虑一下我不成熟的提议，以此为基础开展下一步工作吗?”

“这哪里称得上不成熟?爱德华，你太了不起了。说真的，谢谢你。咱们什么时候开始?”

“没注意到有什么遗漏吗?”

“就算有，我一时间也想不到。”

“有些书也许没那么容易搞到。无论时间拖得多长，我们恐怕都不太可能收全。你参与的这项事业本质如此。这是书与书之间的对话，而不是博物馆。”

“非常好。”

“我也松了一口气。你能接受这个时辰吗？我妻子每天傍晚的这段时间都会小憩片刻。”

他们很快就建立起了傍晚见面的习惯。往往是马修刚推着自行车回到街上，对他喊一声“明天见”，过不了几分钟，爱德华就会从大门钻进店里。朱利安无法预测他到来时的情绪。有些晚上，他的神情过于颓丧，朱利安会立刻拖着他上楼去格列佛咖啡吧，他习惯于在那儿的一个上锁橱柜里藏一瓶苏格兰威士忌。有时候爱德华只能待几分钟，一转身就又立刻离开了；有时候他会待几个小时。

他的情绪也起伏不定，在朱利安始终专注的耳朵里，他的声音会从铿锵有力变得轻佻易变，甚至于变成所谓士绅阶层使用的标准英音。他观察着这样的身份变化，忍不住要思考其中有多少来自表演，又有多少是他的真实本性。这么多口音，他是在哪儿学会的？用这些口音说话的时候，他是在模仿什么人？不过朱利安没有挑剔评判的念头。我正在帮助和安慰一个苦命人，而他曾经以同样的方式帮助和安慰过我的父亲。作为回报（那个无可救药的老城小子在他内心这么说），爱德华在向我提供行家的免费建议和职业教育。这就足够了。

而额外的好处是，他有生以来第一次听见了有人说他父亲的好话：H. K. 年轻时是学校里反对越南战争的头号活动家，他的勇气、善良和受欢迎程度留下了一段段佳话。

“还有最重要的，我必须夸奖他一句，他这个人从未长大，”爱德华喝着加料的浓缩咖啡，大声告诉朱利安，“H. K. 没有扼杀他内心的童真，我们每个人都应该这样。”

“你呢，你的童真还活着吗？”朱利安问，语气有点过于放肆了，“还是说这个问题就像一日是贵族，一生是贵族？”

他是不是越界了？爱德华那张表情丰富的脸阴沉下去，变得忧郁，但随即又像平时一样，换上了灿烂的笑容。朱利安受到鼓励，继续挑战他的好运：“尽管我对你了解有限，但要我说，你似乎比我父亲成熟得多。我老爸去上牛津，结果找到了耶稣。你去了哪儿呢？按照你的说法，你给生活打了一辈子零工。”

对于朱利安把他说过的话扔回给他，爱德华的第一反应并不友善。

“你想了解我的家世吗？你在问的是不是这个？”朱利安还没来得及回答，他就说了下去，“朱利安，我已经过了会对你撒谎的年纪。我亲爱的生父是个艺术品商人，没什么天赋，但富有魅力。他逃离维也纳的时候已经为时太晚，按照我们经常说的，他终其一生也没有忘记英国的恩情。而我也不会忘记。”

“爱德华，我并不想——”

“我生父去世之后——他走得很早，和你亲爱的父亲一样——我母亲结识了一位同样有魅力的小提琴家，他一样有天赋但没钱，两个人一起去了巴黎，过着优雅的贫困生活。都怪我父亲，他坚持要我在英国完成学业。为了这个可憎的目的，他想方设法攒出了一小笔钱。你觉得你对我的了解算是足够多了吗，还是我必须继续说下去？”

“够了，真的够了。我并不想——”话虽如此，在他脑袋里闪过的念头却迥然不同。我听见了一首赞歌，而它是从我的嘴里吐出来的。我偶尔也会用浪漫的幻想阐述我父母的往事。

还好爱德华及时改变了话题。

“告诉我，朱利安。你的伙计马修，你对他的评价很高吗？”

“相当高。他在等待夏季剧场开门。他希望剧场能用得上他，而我的希望刚好相反。”

“你能指望他偶尔替你做出决定吗？”

“当然。偶尔吧。怎么了？”

似乎仅仅是因为好奇，因为爱德华没有回答这个问题，而是问朱利安手头有没有备用的电脑。有，而且不止一台。另外，既然爱德华要为他们搜罗稀见或绝版书籍，那么理想国是不是应该有一个属于自己的电子邮件地址呢？对于这两个请求，朱利安都愉快地答应了。

“当然没问题了，爱德华。我会为你准备好的。”

第二天傍晚，爱德华有了自己的电脑，理想国有了独立的邮箱，而朱利安忍不住要傻乎乎地把自己想象成西莉亚的继承人。

但他继承了什么呢？根据他混老城的那段经历，他早就习惯于被别人利用和反过来利用别人了。他习惯于人们嘴里说要做一件事，但真正做的却完全是另一件事。假如他要重蹈西莉亚的覆辙，他也许会想象爱德华在西莉亚背后，用电脑盗卖他的伟大收藏。唔，他答应过西莉亚，要是听说了什么就告诉她，因此也许他应该溜到地下室去看看情况。他去了。电脑只搜索过二手书店和出版商，查阅过稀见和绝版书籍的目录。至于价值连城的中国瓷器？完全没有——无论是已发送还是已删除邮件里，统统没有。而与此同时，历史上伟大人物的思想开始一点一滴地流向书店。

“朱利安，我亲爱的朋友。”

"爱德华，怎么了？"

此刻的话题是朱利安在伦敦的公寓。朱利安还会偶尔去住吗？不，他不去，爱德华你想借用吗？天哪，我亲爱的朋友，那种日子早就过去了，谢天谢地。不过朱利安，接下来这几天你会不会凑巧要去一趟伦敦？

朱利安没有这个念头。不过呢，他总能找到理由去的，无论是律师还是会计师还是生意上需要扫尾的事情。

那么，请求朱利安在伦敦帮忙办点小事应该算不上过分吧？

恰恰相反，朱利安向他保证。

那么，朱利安知不知道他提到过的扫尾事项下次会是在什么时候需要他亲自出面呢？因为压在爱德华心头的这件事情可以说有些紧迫，甚至算是紧急呢。

"假如真的很紧急，爱德华，而且压在你的心头，我明天就可以跑一趟。"朱利安友好地答道。

"另外，我可以假设你在爱情方面并非全无经验，对吧？"

"当然，爱德华，只要你愿意。"朱利安答道，困惑地笑了笑，尽可能掩饰住内心涌动的好奇。

"那么，假如我向你坦白，许多年来我一直在我妻子不知情的前提下，与某位女士保持着某种关系，你会怎么想？会使你的内心充满厌恶吗？”

这是H. K.的好朋友在说话，还是已故的H. K.本人？

“不，爱德华，不会使我内心充满厌恶的”——你就接着说吧。

“假如我想请求你办的小事是送一封密信给这么一位女士，我能指望你在任何情况下都永远和绝对替我保守秘密吗？”

爱德华当然可以指望我了。基于这个假设，他已经在指点朱利安该怎么做了，他的命令详细得令人咂舌：

贝尔西公园地铁站对面的常人电影院……拿一本塞巴尔德的《土星之环》，借此辨认身份……你会在右手边看见两把白色的塑料扶手椅……大堂后侧有可供选择的备用座椅……万一电影院出于某种原因关门，就去隔壁全天营业的啤酒餐馆，那个钟点应该很空……在窗口找个座位，记得把塞巴尔德的书摆在显眼的地方。

“所以我该怎么认她呢？”朱利安问，他的好奇心是无止境的。

“你不需要认她，朱利安。她看见塞巴尔德，自然会来找你。然后你大大方方地把信交给她，走你自己的就行了。”

朱利安心头泛起了荒诞的感觉。

“我该怎么称呼她呢？玛丽？”

“就玛丽好了，没问题的。”爱德华严肃地答道。

*

那天夜里朱利安睡得好吗？不，他几乎没合眼。他有没有问自己究竟跳进了一个什么泥潭呢？当然了，反复许多遍。他有没有考虑过打电话给爱德华，宣称这件事到此为止呢？一次也没有。或者打电话给朋友，询问对方的建议？爱德华封好的信封摆在床头柜上，而他用他会说的每一种语言做出了庄严的承诺。

第二天他起得很早，穿上他最好的一身休闲装。这个衣着入时的男人该怎么去贝尔西公园的常人电影院见他先父朋友的情妇呢？爱德华的信封揣在口袋里，手提箱里装着一本平装版的《土星之环》，他挤上八点十分从伊普斯威奇开往利物浦街的通勤列车，然后从利物浦街来到贝尔西公园，走进常人电影院空荡荡的大堂，在约定的时间坐进一把白色塑料椅，翻开的塞巴尔德摆在面前。

而此刻推开玻璃门走进大堂的女人想必就是玛丽了，她迈着坚定的步伐走向朱利安。关于她，最显而易见的一个事实就是，这可不是一个随随便便的浪荡女人，而是一位格调非凡、意志坚定的年长女性，能够给你留下深刻的印象。

他已经起身，面对她站着，塞巴尔德拿在左手里。他把右手抬到胸前，准备从亚麻上衣的内袋里抽出爱德华不具名的信封。但仅仅是准备，因为他必须等她开口。中等棕色的眼睛，仔细描绘的眼影。丝绸般的橄榄色皮肤。年龄难以确定：四十五到六十五之间都有可能。难以觉察的淡妆，并非特别传统的商务套装。长裙，非常雅致，但配有深而实用的侧袋。假如说她刚在老城开完什么实权人物的会议，朱利安也不会吃惊。他等对方先开口，但她就是不说话。

“我猜我也许有一封信要交给你。”他说。

她思考他这句话，打量他这个人。目不转睛的视线接触。

“既然你对塞巴尔德感兴趣，而且是爱德华派你来的，那么你确实有一封信要交给我。”她承认道。

她是在微笑吗？假如她在微笑，那么是在向他示好还是在嘲笑他呢？似乎是法国口音。她伸出了一只手。无名指上戴着蓝宝石戒指，没涂指甲油。

“要我现在就读吗？”

“爱德华没说。为了安全起见，也许应该现在就读。”

“安全起见？”——不确定她是否赞同。

“要是你愿意，咱们可以去隔壁喝杯咖啡。总比站在这儿好。”——尽可能地拉长这次谈话。

不出爱德华的预料，啤酒餐馆里空无一人。朱利安挑了个四人卡座。她要冰水，最好是波多气泡水。朱利安要了个大瓶，两个杯子，还有冰块和柠檬。她用桌上餐具格里的餐刀打开信封。里面是几张 A4 白纸，正反两面都是爱德华的字迹。他扫了一眼，总共五页。

她把信拿到侧面，避开朱利安的视线。衣袖拉了起来，露出她的右臂。橄榄色的皮肤上有一道长长的白色疤痕。自残？不，这个女人不可能。

她重新折好那几张纸，放回信封里。她分开古驰手包的两个 G，把信放进包里，重新关上手包。熟练的动作把她的手衬托得更加美丽。

“真是荒唐，”她对朱利安说，“我没有信纸。”

朱利安去问女招待。女招待也没有。他想起来往前走几个门牌有一家便利店。你能等我一下吗？这难道还需要问吗？否则她能怎么做？

“别忘了信封，谢谢。”她说。

"那是当然。"

他在人行道上一口气跑到便利店，但不得不排队等待结账。等他回到餐馆里，他离开的时候她坐在哪儿，此刻依然坐在哪儿，她慢条斯理地喝着冰水，眼睛盯着店门。一本巴西尔登·邦德写字纸，蓝色。一包信封，同样是蓝色。给你的。

"你还买了透明胶。用来封信封的？"

"正是这个意思。"

"我难道不能信任你吗？"

"爱德华就不信任。"

她也许会报以微笑，但她正忙着写字，同时拢起另一只手遮挡，而朱利安用夸张的姿势表示他没有偷看。

"还没请教怎么称呼你。"

"朱利安。"

"他就这么叫你：朱利安？"——低着头，继续写字。

"对。"

"他什么时候能收到？"

"明天傍晚。等他来我的书店。"

"你是开书店的？"

"对。"

“他心里怎么样？”——还在写字。

她是什么意思？妻子快死了，爱德华的情绪怎么样？她知道他妻子快死了吗？还是说，要是他没猜错，她这话完全是另一个意思？

“算是还相当好吧，考虑到他的情况。”考虑到他的什么情况？

“你什么时候能有机会单独和他说话？”

“明天。”

“没有冒犯你吧？”

“什么？完全没有。当然没有了。”

他意识到她说的是透明胶。有力的双手拉出一段胶带，封好了信封口。

“你和他说话的时候，记得告诉他你见到了什么。我一切都好，我很冷静，心平气和。你见到的我就是这个样子，对吧？”

“对。”

她把信封交给他。

“好了，你就按你见到我的样子形容给他听。他会想要听你说的。”

她起身，朱利安送她走到门口。她转过身，对他说谢谢，抬起一只手按住他的前臂，面颊敷衍地擦过他的面颊。体味，来自裸露在外的颈部。他望着女人走上街道，意识到停车场里那辆有司机的标致轿车在等她。司机快步过来给她开门，精明的老城小子把车牌号码记在日记里，然后乘地铁去利物浦街。

*

那天晚上，朱利安回到书店的时候已经过了十一点，他觉得这辈子从没这么疲倦过。因此他花了几秒钟才明白他在看什么：又一个信封，这封信像幽灵似的贴在磨砂玻璃门上，附带一张马修写给他的黄色即时贴：

有位女士找你！

他打开信封，心想他今天已经受够了秘密信使。

亲爱的朱利安（请允许我这么称呼你）：

我听说了你的很多好话。真是无巧不成书，你父亲和我丈夫曾经是校友。你在我丈夫最需要的时候给了他一些可做的事情，我必须为此感谢你。如你所知，过去这十年，由于我父亲的缘故，我一直在本地了不起的图书馆担任非执行性的赞助人一职。图书馆始终是家父最热爱的事业之一，而我注意到你是图书馆委员会的一名当然成员。因此，出于以上种种原因，不知您是否愿意光临寒舍吃顿便饭？

近来我健康不佳，见到我们时还烦请多多见谅。任何一个晚上都同样合适，所以你只要有空就来做客吧。

您真诚的，

黛博拉·埃文

第二天上午书店一开门，朱利安就迫不及待地问马修："是个什么样的女人？"

"俗气的棕色连帽风雪衣，但一双眼睛可爱极了。"

"年龄呢？"

"和你差不多。昨晚你看《日瓦戈医生》了吗？"

"没看。"

"她扎着和拉拉一样的头巾。我的意思是怎么看都是同一条。吓了我一跳呢。"

-7-

“斯图亚特，我亲爱的！见到你可真是太高兴了！何等意外的惊喜呀！哎，来就来了，怎么还这么客气呢。”琼在门口叫道，接过客人递给他的两瓶勃艮第红酒。

从地图上看，普罗克托以为这会是一座迷人的萨默塞特乡间木屋，外墙爬满了铁线莲，然而当他走下出租车的时候，赫然出现在眼前的却是一座难看得吓人的绿瓦平房，年长的村民看见它会恨不得揪掉自己的头发。

“斯图亚特你个老小子！真他妈高兴见到你。还没卸下嚼子吗？真是好运气！”性格直爽的菲利普叫道，这是一位温文尔雅的英国绅士，拄着白蜡木的手杖，英俊的黝黑脸膛上几乎见不到一根白发，他在琼背后露出率真的笑容，然后一瘸一拐地绕过她，充满男子汉气概地紧紧握住普罗克托的手。

但普罗克托注意到，率真的笑容凝固在他脸上，一只眼睛不祥地半睁半闭。

“是啊，我也很抱歉，”菲利普看见了普罗克托的眼神，没好气地主动承认道，“碰到了人生转折点，明白吗，亲爱的？千万别说咱们亲爱的全民健保服务的坏话。他们绝对是世上第一流的。”

“而且那些护士恨不得爬到你身上去，一个个都是荡妇，”琼兴致勃勃地附和道，“正是因为有了她们，他立马就活了过来。说真的，你被送进医院的时候其实已经死了，对吧，亲爱的？虽说你无论如何都不肯承认。”

两人一起大笑。

“我本来以为住在这儿会憋死他，他毕竟爱极了以前住的洛根伯里别墅。匆忙之间我只找到了这么一个一层楼的地方。但现在他简直是上了七重天。有个漂亮的女理疗师每周来一次，而且他在城郊重新发现了自我。你很快就要在花园里摆矮人雕像了，对吧？”

“必须是彩绘的。”菲利普说，他们又是好一阵大笑。

这还是普罗克托记忆中二十五年前的那对金童玉女吗？菲利普被中风摧残过，现在佝偻着身子倚在手杖上，而琼变得肥胖而笨拙，身穿皮筋休闲裤和T恤，老维也纳的广角照片包着她巨大的胸部，这怎么可能呢？在普罗克托的记忆中，她美丽得不可思议，担任黎凡特行动处的主任，而丈夫菲利普永远叼着烟斗，在兰贝斯宫旁的分站操控情报局的东欧网络。他们公认是情报局已婚夫妇中最优秀和最聪慧的。波斯尼亚战争爆发时，局里调菲利普去负责升级后的贝尔格莱德情报站，并指派琼担任他的副手，整个办公楼里欢声雷动，你甚至能听见掌声从地下室的薪金与津贴处传来。

他们在客厅坐下，观景窗外是小小的蔬果园，然后是一座中世纪的教堂，琼每个月去教堂两次伺候花卉。三个人享用琼的红酒炖肉、菲利普的烤马铃薯和普罗克托的勃艮第葡萄酒，愉快地讨论大不列颠的现状（灾难）、阿富汗的情况（没希望了，应该及时止损，尽快撤出）和他们那条无所不知的黑色拉布拉多母狗（天晓得为什么，这条狗名叫查普曼）。

饭后他们来到窄小的温室，喝着消食的咖啡和白兰地，直到这时，他们才觉得可以自由自在地讨论到底是什么风把斯图亚特吹到了他们家门口来。原因很简单，职业情报人员到了一定的年纪，都会坚信假如要讨论任何敏感话题，那么最好的场所莫过于一个毫无装饰的房间，没有两个房间共用的墙壁，也没有枝形吊灯。

琼戴上一副老奶奶戴的那种粗框眼镜，坐进一把高高的藤椅，脑袋背后的花纹看上去像个光环。菲利普分开双膝，坐在一个印第安雕纹的箱子上，屁股底下垫着厚厚的软垫，双手拿着手杖，用手杖的弯头托住下巴。查普曼伸展身体，趴在他穿拖鞋的双脚旁。普罗克托在琼的指挥下坐进摇椅——但你当心点儿，别往后荡得太远。

“所以最近你爱上了研究历史。”她说，揶揄的是普罗克托在电话上告诉她的只言片语。

“嗯，确实如此，”普罗克托愉快地承认，勇敢地面对事实，“我必须坦白，他们打电话叫我去的时候，我以为他们要说我的时候到了。但他们不但没有这么说，而且还给了我一份非常有意思的移转工作。”

“真他妈好运气。”菲利普气呼呼地说。

“具体是干什么？”琼问。

“大体而言就是在训练处当备胎，”普罗克托说，“主要任务：编配经过消毒的历史案例，当作新进人员的培训工具。放在‘如何实地操控情报员’的总标题底下。部分当作教学材料，部分用于模拟演练。”

“咱们刚入行的时候也应该有这门课的，对吧，亲爱的？”——菲利普又开口了，“咱们那会儿有个屁的训练。”

“只学了两个星期怎么填公文表格，”琼附和道，她锐利的双眼依然隔着镜片注视着普罗克托。连一个字都不相信他的话。“所以，斯图亚特，和我们有什么关系呢？”

普罗克托兴高采烈地告诉她：

“是这样的，显而易见，我们想尽可能地把风云人物的见证者包括进来。文职人员、分析师，还有至关重要的，也是为了追求热乎乎的效果，情报人员以前的操控者。”菲利普忙着爱抚查普曼的耳朵，但琼的视线连一瞬间都没有离开过普罗克托的脸。

“多么出神入化的表达方式，”她忽然大笑道，“热乎乎的效果。多么顽皮啊。你是这会儿现编的，对吧，斯图亚特？只为了我们两个人？”

“他当然不是了，亲爱的。别他妈犯傻，咱们已经过气了。他们进化出了一整套新语言。什么产线管理员。还有什么见鬼的人力资源部，取代了充满人情味儿的人事部。还有什么焦点小组，而不是你们几个去给老子干活。”

“所以，假设二位对此都感兴趣，”普罗克托不为所动，继续道，“我们认为有个特定的历史案例相当值得研究，而说来令人愉快，这个案例与你们两个人都有关系，因此我们算是可以买一送一。另外，由于希望二位都准备好了接受彻底的拷问”——开个小玩笑——“我带来了秘书处授权你们畅所欲言的标准文书。你们愿意说多深就说多深、说多广就说多广，不需要保留你们对总部的任何批评”——菲利普嗤之以鼻——“必不可少的删减可交由我们完成。还有一句非常重要的话说在前头：请不要在意你们想象中记录在案的情况。你们应该知道得很清楚，情报员的档案一向以语焉不详而著称。比起现在的新档案，旧档案在这一点上更是登峰造极。实地发生的大多数事情根本走不到归档阶段，对有关各方来说这样反而更好。因此，训练教官一方建议——其实更像是恳求——假设我们对内情一无所知。从零开始说给我们听，从你们个人的角度讲述，而不仅仅从情报局的角度，把所有细节全都抖搂出来。万一你们觉得非要骂几句总部才能解气，请不要担心你们的退休金或者其他一切有的没的。”

好一阵漫长的沉默，落在普罗克托的耳朵里，他觉得隐约有点令人惊惶。琼拿起套在脖子上的另一副眼镜，仔细读交到她手里的那封信，她把信递给菲利普，菲利普同样仔细地读了一遍，然后还给普罗克托，阴沉着脸点点头。

“所以他们打发了不起的神医普罗克托去了训练处，”琼思忖道，“活见鬼了。”

“只是借调，琼。我已经发挥过了光和热。”

“所以现在是谁在担任咱们的首席嗅探犬，供你差遣去搜寻热乎乎的尸体？你别说他们扔着不设防的营地不管了。”

对此普罗克托只能抱歉地摇摇头，意思是哎呀呀非常可惜，他无权向她透露情报局目前战斗队伍的具体配置情况，而琼继续目不转睛地凝视他，菲利普继续摩挲查普曼的耳朵。

“另外，为了安全起见，”普罗克托说，求助于更正式的语气，“尽管我们想听你讲述详情的这个历史案例的主角还活着，但我们不打算以任何方式提醒他我们对他产生了兴趣。换句官面上的话说，就是严禁与他联系，除非得到通知。明白我的意思了吗？”

琼对此的反应是喟然长叹，说：“唉，我的天。可怜的爱德华。你这次又干了什么？”

*

在开始他所谓的“小小的即兴研讨会”时，普罗克托扔出了几个他在火车上臆造的小标题：

“宽泛一点来说，我们寻找的是社会性的起源和形成性的影响因素；然后是招募、受训和管理；再然后是技术手法和产出；最后是在适当地点的安置情况。菲利普，你先开个头如何？”

但菲利普不确定他想不想来开这个头。从提到“爱德华”这三个字的那一刻起，他就变得表情扭曲，顽固地拒绝开口。

“你说的是弗洛里安对吧？华沙的 UA。他们想听我们说的就是那个家伙？”

对，就是那个家伙，弗洛里安，普罗克托确认道。 UA 是情报局术语，指非正式助理或首席特工。

“唔，弗洛里安是个他妈的好小子。无论他们现在怎么说，情报网瘫痪都不是他的错。”

“我肯定我们也想这么讲述他的案例历史，”普罗克托安抚他道，“既积极又公平——在你的帮助下。”

“你不会以为是我招募了他吧？招募他的是巴尼。当时我还在伦敦呢。”

提到巴尼，他们崇敬地默哀片刻，已故的巴尼是冷战时期伟大的招募大师，莱斯李之家[1]和巴黎左岸的常客，花衣吹笛手，永远忠诚于他那些小子们的老父亲。

1　巴黎著名的变装表演俱乐部。

“不过我要提醒你一句，巴尼向他下钩的时候，弗洛里安已经算是招募了他自己，”菲利普继续没好气地说，“他早就做好了变节的准备，所以不是巴尼的精妙技法的功劳。弗洛里安不是为了钱或性欲，而是因为理念。给他一个他相信的理念，他就会发疯般地扑上去。点燃他的激情的根本不是巴尼，而是阿尼娅。但这并没有挡住他领取功劳。从来都挡不住。一切该死的好事都是他的功劳。”

要不是普罗克托望向琼求助，菲利普会在这个方向上滔滔不绝很长时间。

“亲爱的，你不能从半中间没头没尾地开始说。斯图亚特很可能连阿尼娅是谁都不知道。或者知道了也会假装不知道。你不能突然把她像兔子似的从帽子里变出来，对吧，斯图亚特？你应该从社会性的起源和形成性的影响因素说起。”

菲利普受到妻子的教训，耷拉着脸沉默片刻，难以决定是应该听从劝告还是依然故我。

“好吧，我来说说他的社会性起源，”他打破沉默，“弗洛里安的童年糟糕得超出了任何人的想象。我猜你肯定知道他父亲的情况。”

普罗克托再次温和地提醒菲利普，他应该假设他一无所知。

“好吧，他父亲是波兰人，明白吗？而且是个王八蛋。极度异端的什么天主教徒，公开宣布他相信法西斯，认为纳粹是全宇宙最好的东西。挖空心思讨好他们，帮助他们驱逐外来者，指认隐藏的犹太人，后来得到了一个最好的职位，把犹太人成群结队地赶进集中营。后来”——停顿片刻，组织语言——“战争结束，他被逮住了，明白吗？他躲在农场里，假装是个庄稼汉。快审快判，不玩虚的，他被绞死在镇广场上。人们蜂拥而至。他老婆也不是什么天使，那时候主张的是暴力正义，人们也在找她，但怎么都找不到。为什么呢？”

“我猜不到。”普罗克托笑呵呵地说。

“接下来就是推测了，因为她该死的丈夫把她偷渡到了奥地利，她改名换姓，舒舒服服地待在格拉茨的修道院里生孩子呢。七年后，她带着儿子去巴黎讨生活。这个儿子就是弗洛里安。又过了两年，她嫁给一个在五大行工作的英国呆子。她有了英国护照，儿子也有了英国护照。对一个衣柜里藏着纳粹战犯尸体的波兰荡妇来说，这个结局还不赖吧。”

“弗洛里安是什么时候发现这一切的？”普罗克托问，认真地写在记事本上。

“十四岁那年。他母亲告诉他的。她担心波兰人会闻到踪迹，把她连同孩子一起带回华沙。她担心的事情到最后也没发生。她的假证件完全靠得住。波兰人根本没想到这两个人会是一个人。我们在他们内部从下往上查了个遍。”菲利普说，紧紧地闭上嘴，做了个怪相。

他停下只是为了重新装弹：

“据我所知，弗洛里安一辈子只在这件事上撒过谎。他无法接受那个该死的可憎父亲，于是对他做了浪漫化的想象。在不同的女人面前编造形形色色的故事。你告诉格尔达——或者天晓得叫什么的某个女人——说你父亲是个充满英雄气概的船长，这到底是为了什么呢？仅仅是床上哄她开心的鬼话吗？他没有向我们坦白过原因，请记住。哪怕是接受了我们的训练之后也没有。声称都是为了他慈爱的英国继父。完全是胡说八道。”

然后转念一想：

“说起来，你想知道他对宗教的刻骨仇恨是从哪儿来的吗？其实不难理解，它源自狂热的反天主教情绪，然后一步步生根发芽。你要的是不是就是这种黑料？”

*

“形成性的影响因素？”菲利普重复道，轻蔑地品味着这几个字，“唉，我的天，看看他该死的档案就知道了。好吧，咱们在假装他没有档案。从他母亲告诉他生身父亲是个什么人的那天起，他就变成了一个杀红眼的反法西斯主义者和反帝国主义的布尔什维克，在父母逼着他去上的英国公立学校里是个一等一的刺头。他是反越战活动的领头人，直截了当地拒绝去学校的礼拜堂，还是共产主义青年团的注册成员。不用说，巴黎大学对他来说就像一支强心针，给他脑袋里灌满了更多类似的玩意儿，而六年后，出于他本人的意愿，他回到了父亲的祖国。他在萨格勒布[1]待了一年，在哈瓦那待了一年，还跑到乌普萨拉[2]待了一年，然后你猜怎么着？他来到格但斯克[3]大学，在运转不灵的独裁政权下，教授众多尚未得救的波兰天主教徒学习列宁主义和马克思主义对历史的诠释。要是你不了解中欧的情况，会觉得整件事都难以置信。但要是你了解，就会觉得稀松平常。”菲利普杀气腾腾地结束叙述。

“正是到了波兰之后，他的观念才发生了天翻地覆的变化，对吧，亲爱的？”琼提示道，悄悄拿走他的酒杯，换上一

1　克罗地亚首都。
2　瑞典中部一城市。
3　波兰北部沿海地区最大的城市和最重要的海港。

杯白水，免得他给自己再斟一杯白兰地。

“太对了，琼！波兰佬彻底改造了他这个人，”他喜滋滋地说，“他在格但斯克待了一年，观察共产主义者的作为，深有所得。然后更妙的是，他直到回巴黎过圣诞节才把心里话说出来，在床上告诉了阿尼娅。真是个好姑娘，对吧，亲爱的？芭蕾舞演员。波兰流亡者。外表美艳动人，骨子里胆大包天，全心全意地喜爱弗洛里安。对吧，亲爱的？对吧？”

“你一提到他就两眼放光，”琼冷冰冰地答道，“谢天谢地，泰迪已经追到她了。”

“我们能够成功招募弗洛里安，间接性地应该归功于阿尼娅，是这样吗？”普罗克托问，在记事本上乱写了几笔。

“说得好！”

菲利普用双手使劲按住手杖的弯头，起身重新回到窗口，接过普罗克托的话头说：

“先生们，女士们，诸位必须明白一点，弗洛里安特工绝对是独一无二的天赐礼物。他们永远也找不到比他更有献身精神的情报员了，更不用说他的底细还绝对干净。他拥有五星级的共产党员背景，全都光明正大地摆在桌上，随便你怎么盘查都行。他在合适的位置上，离目标非常近，而且已经有了完美的掩饰性身份，是一所小型大学里的重要人物，有一整套我们梦寐以求的证明文件。”

“所以阿尼娅在这一切里扮演的角色是？”普罗克托提醒他。

“阿尼娅的家人是波兰抵抗运动的关键人物。一个兄弟因为破坏行动而遭受拷打和枪决，另一个在蹲监狱。他们被捕的时候，阿尼娅正好出访巴黎，她就此留在了那儿。巴尼一直在开发波兰移民，因此认识阿尼娅。弗洛里安简直是一头扎进了他的口袋。这么容易就能发展一个一流情报员，这是千载难逢的。”菲利普说，回到印第安木箱上，就像是演员结束了独白。

“他的专业技能呢，菲利普？”普罗克托提示道，勾掉又一个方格，“能偶尔叫他出来做个讲座吗？你在某处把弗洛里安形容为一名深泳者。我的学员会很想知道你这么说是什么意思的。”

长时间的思考，然后突然换上告诫的语气：

“一般性的意思。你该怎么游泳？当然不能只是随波逐流了。必须往深处去。提高警惕。只要能混在人群里，就不单打独斗。假如你要去华沙和人接头，刚好有校车要去华沙，那你就去搭校车。把你的打字机借给别人。要是你有小车，也一样借给别人。让他们替你做点小事还人情，但绝不依赖运气。有人要去波兹南探望母亲，他能不能行行好，把这本书或者这盒巧克力捎给一个朋友？弗洛里安天生就知道这些诀窍，我们只需要教他怎么使用就行了。不过到了最后，也帮不上他的什么忙。情报网的寿命毕竟是有限的，迟早会分崩离析，因此你必须做好准备。但他不听。他不是那种情报员。”

*

在双方的默许之下，他们一直在拖延，推迟这个时刻的到来。菲利普向前垂下脑袋，目光灼灼地盯着双手，他的双手摆在大腿上，僵硬得仿佛猴爪。琼比他镇定一些，抬起手揪着头发，愣愣地望着温室窗外的教堂。

“我们把他用过头了，真是活见鬼，”菲利普突然爆发，恶狠狠地说，“绝对不要过度使用你的情报员。这是最重要的法则。我这么对总部说。他们不听我的，认为我被同化了。你别反应过度，菲利普。一切尽在我们的掌握之中。去休个假吧。唉，我的老天。”

菲利普被他自己的爆发吓了一跳，查普曼也警觉地抬起脑袋，菲利普拍了拍狗以示安慰。然后他用比较平静的语气说了下去。他说，在弗洛里安从天而降之前，华沙情报站忙得可谓脚不沾地：

“光是简简单单地把一封信送进国内的邮政系统，就需要玩上三天的猫捉老鼠游戏。大使馆的每一个本地雇员事实上都是安插进来的探子。从大使夫人的猫开始，所有人都二十四小时受到跟踪、监视和窃听。但就在这时候，赞美上帝，忽然从格但斯克冒出来这么一个身世清白的首席特工，而且还迫不及待地想投入战斗。”

再次爆发，和前一次一样情绪激昂：

“我反复告诫总部。弗洛里安只有一个人，你们不能指望他去填满从格但斯克到华沙的每一个密信交换点。你们不能指望他去接洽我们名录里的每一个下级情报员和主动投诚者。我告诉他们，波兰人排着队想当我们的间谍，我们的选择数不胜数。但像你们这么剥削他，迟早要搞垮整座纸牌屋。事实上也确实如此。我们最优秀的两个情报员在同一个晚上被捕。第二天上午又是一个。情报员彼此之间没有交叉，但弗洛里安每一分钟都有可能会暴露。我们制订了一套非常稳妥的撤离计划：华沙市区边缘的一个废弃停车库里有一辆密封的肉类运输车，冷藏车厢里有个一人大小的藏身之处。谈不上有独创性，但我们测试过，也成功了。我向他发送溃逃指令：弗洛里安，你给我立刻来华沙。没有回音。两天后，他出现了，一见面就开始唠叨。说波兰也是他的阵地，他宁可和船一起沉没。我说我早就告诉过你了，气球迟早有一天要爆炸，现在它已经爆炸了。所以你给老子闭嘴，钻进该死的棺材里去。十个小时后，他坐在德文郡的一座乡间小屋里，哭得撕心裂肺，说都怪他愚蠢的失误。其实当然不是。他的间谍技能是第一流的，不存在任何漏洞。问题出在我们的无线电信号被对方破译了。不重要，一切都是他的错。他就是这么一个人。把所有人的责任都扛在他的肩膀上。一个有理想的家伙。麻烦你好心把我的话传给你的学员们，我会感激不尽的：要是有一天总部疯狂压榨你的情报员，请不要说是，长官，不，长官，您指东我绝对不往西，而是应该说你们给我滚远点儿。”

“琼，”普罗克托说，“轮到你了。”

但他操之过急了。夫妻之间爆发了争吵。普罗克托要为此负责。他先前问过（表面上纯粹是出于好奇），爱德华与阿尼娅之间的感情是在什么时候熄火的，爱德华回到英格兰，黛博拉前来听取他的报告时，那段情缘已经结束了吗？

在菲利普看来，问这个纯属多此一举：他们的缘分走到了尽头，爱德华忙着东跑西颠，阿尼娅受够了天各一方。她真正热爱的是跳舞，而世上到处都是好男人。因此，到总部例行公事地剖析情报网如何解体的时候（在菲利普看来，纯属浪费公帑），爱德华“孤身一人，无趣地虚掷时光，对黛博拉或其他有意物色郎君的姑娘来说都是个好目标”。

琼慷慨激昂地表示反对：

“别胡说了，我亲爱的。阿尼娅对泰迪一往情深，只要他吹声口哨，无论她在哪儿，她都会奔向他的怀抱，跳不跳舞根本不重要。泰迪来到英国时身心俱疲。他是一个可怜又无助的波兰小子，把他的伙伴们送上了刑场，还是一个回归祖国的英国英雄，就像黛博拉反复对他强调的那样？一群分析师和他一起待了两个星期，关在英国乡间一座舒适的别墅里，享受各种各样的现代化设施，黛博拉替他擦掉额头上的汗珠，说他是情报局有史以来最优秀的UA。好目标？见鬼去吧。”

“黛博拉当时差不多算是欧洲情报局的女王，”普罗克托提醒他们，“既然黛博拉说弗洛里安是明星选手，我猜情报局应该也是这么看待他的。”

但琼还没有说够黛博拉：

“他还在梦游的时候就被黛博拉弄上了床，她违反了手册里的每一条规定。”

尽管菲利普说得天花乱坠，但琼更有道理。情报局的职业道德规范在内部职员和外勤特工之间划出了一道不可逾越的鸿沟。然而对于黛博拉和弗洛里安，总部打破了先例。

但菲利普还有最后几句话要说：

“真该死，琼，是他爱上了她！她是他的不列颠女神！”——无视琼的大声讥笑，“他就是这么做的。他把一个女人投射成他诠释出的某种形象，然后就为这个形象所倾倒。她是个典型的不列颠人，能有多忠诚就有多忠诚，不但好看，而且有钱。爱德华真他妈走运。”

就算菲利普的如此论调说服了他妻子，普罗克托也没有见到她是在哪个时刻皈依的。

*

琼翻开新的一章，面向更大的观众群体发言，她的开场白有瓦格纳歌剧的气势：

“波斯尼亚！我们经常说，咱们祈祷千万别再发生这种事了吧。可惜祈祷没什么用处。六个小国因为铁托老爹的遗志争吵不休。全都认为上帝站在自己那边，全都一门心思要当老大，全都看别人不顺眼。每个人都和过去一样满嘴大道理，每个人都在打他们祖先两百年前就打输过的战争。”

那些令人发指的恐怖故事，难道还需要她来补充吗？斩首，钉十字架，穿刺，随机的大屠杀，专门残害女性和儿童。她猜到了情况会很可怕，但没想到会是三十年战争加西班牙宗教裁判所。按照总部的命令，他们的任务非常简单：

“菲尔[1]负责接洽彼此争斗不休的无数情报机构，包括前南斯拉夫六个互相敌对的秘密情报局的首脑，每个人都想把这些人的脑袋装在盘子里。他同时还与联合国指挥部和北约代表沟通，向某些特定的非政府组织通报战事和危险地区的情况。

“大体而言，你做得非常公开，对吧，亲爱的？而且干得相当出色。你越是大张旗鼓，对小小的我来说就越好，因为我只是你傻乎乎的老婆，宴会上坐在你的右手边，和各位绅士搭话聊天。”

“额外的拖累，彻底的寄生虫，从一开始就不该被派到贝尔格莱德来的，”菲利普自豪地承认道，“自始至终都把所有人都骗得团团转。甚至骗过了我！”——回想起往事，他“哈！”地

1　菲利普的昵称。

大笑一声，愉快地用脚趾戳了戳查普曼。

菲利普在明面上活动的时候，琼作为他的秘密副手，第一项任务是召集情报局从铁托时代残留下来的资源——塞尔维亚人、克罗地亚人、斯洛文尼亚人、黑山人、马其顿人、波斯尼亚人，信不信由你，他们中的很多人还在薪水册上——这时，菲利普在华沙面对过的情况在她面前重演了，她迫切需要一名经验丰富的首席特工快速投入现场。

因此弗洛里安的名字再次出现在桌子上也就不足为奇了。他年轻时难道不是曾经在克罗地亚的萨格勒布大学担任过讲师吗？

他以前的部分学生和同事现在难道不是已经在各自的国家身居高位了吗？

他的克罗地亚语难道不是流利得无懈可击吗？

作为半个波兰人和斯拉夫同胞，对于交战各方来说，他难道不是比任何纯种英国佬更加容易被接受——或者按照琼的说法，更加性感吗？突出爱德华的波兰血统，隐藏他英国人的一面，他再次成为一个超负荷运转的情报站的天赐礼物。

但弗洛里安愿意下场吗？波兰的惨败会不会耗尽了他的勇气？成为父亲有没有把他变成另一个人？最重要的一点，总部能不能容忍一名前外勤特工重新上阵，更不用说他还娶了全情报局最宝贵的一位干员。但说来令人吃惊，琼认为总部肯定会答应。具体是谁推了一把，是谁拉了一把，她无从得知，不过她觉得她能猜个八九不离十：

“他女儿还很小。爱德华非常喜爱她，然而他天生不是用自行车和玩具熊逗弄女儿的那块料。他们有钱，雇得起保姆。从波兰回来后，情报局给爱德华安排过几份工作：跑腿送信，海外情报站有人请假时暂时顶替，偶尔负责招募行动。与此同时，黛博拉在干什么呢？忙着调整赛道。她以事业为重，在中东方面一路往上爬——中东是她新盯上的游乐场——同时在英美联合的智囊团里大放异彩，而可怜的爱德华只能在家里养膘，朝天花板吐口水，领女儿去动物园。”

两人都认为应该给菲利普一个机会。弗洛里安也许有点生疏了，但菲利普在波兰操控过他。在充分尊重妻子意愿的前提下，他简短地讲述了当时的经过：

“我飞到伦敦，然后去见他。是琼的主意。在爱德华家。更确切地说，是黛博拉家。那天阳光灿烂。东英吉利的爱德华式豪宅。我见到了他，他坐在电视机前观看战事的进展。还有他女儿。要是你了解弗洛里安，就不会觉得诧异了。他知道我要来，于是设置好了舞台。我们喝着苏格兰威士忌，我问他一向可好，他说咱们什么时候开始。就这么直截了当。根本不需要威逼利诱之类的。一开口就是咱们的储备资源都有谁，还有可以立刻激活谁谁谁。去问琼，我说，从今往后，琼就是你的老大了，而不是我。我在贝尔格莱德只是一个普普通通的外交官。他一点儿也不觉得气馁。他喜欢琼。他在休息放松的这段时间里见过琼，完全信任她，因此这不是问题。换个女人管理他，他还挺高兴的呢。尤其还是个漂亮女人。你看看。她脸红了。他真正想知道的是：他能多快离开这儿，去做点有意义的事情？我知道你想说什么，亲爱的：他其实只是想摆脱黛比。但你知道吗，并不是这样的，而是他又找到了理想。他在乎的从来都只是这个。”

“要你说，他的理想是什么呢？”普罗克托问，暂时不给琼开口的机会。

“哦，当然是和平了，”菲利普毫不犹豫地说，“结束一切纷争。阻止法西斯主义者。波斯尼亚充满了法西斯，他很清楚。永远不要低估弗洛里安的父亲的影响，也不要低估他的共产主义者历史的影响。你接管他的时候，琼，我只给了你这么一个忠告，对吧？他是激进分子之中的激进分子。无论他以前是共产主义者还是什么，都不能改变这个事实。他依然是他自己。你不会因为结论改变了而去改变你的理由，你会去改变结论。这是人之常情。说起来，斯图亚特，假如局里还热衷于招募狂热分子背景的人员，你不妨也提醒他们一声。永远要记住他们过去的身份，因为往日的火苗总会葬在他们心中的某处。”

*

琼说，首要问题显然是弗洛里安的伪装问题。他要去的不是共产党时代的波兰，而是正在解体的南斯拉夫，整个国家到处都是形形色色的怪胎——武器商人、传教士、人贩子、毒贩、战争游客、来自世界各地的记者和间谍——正常人反而会显得可疑。

当地最多的莫过于救济机构，天底下你能想到的一切政治倾向和宗教派别在这儿都有，而总部决定，弗洛里安最合理的栖身处不是英国或波兰的机构，而是一个德国的机构，他在那里无疑特别能够吸引到克罗地亚人的同情。这次行动本来就有一半属于情报局，因此把爱德华弄进一个德国救济机构只是举手之劳。他可以从他教过书的萨格勒布开始活动。

“但弗洛里安不肯老老实实地守在一个地方，”琼阴沉沉地说，“要是情报局按里程付他薪水，他能把我们搞破产。他主动去接触他能想到的每一个人——以前的学生和伙伴，新结识的好朋友，不管他们人在哪个犄角旮旯。他不在乎他们是谁，只要能从他们嘴里搜集情报就行，越古老越好。法西斯主义者甚至无法涵盖他们。他和塞尔维亚人尤其合得来。他和他们一起唱歌，沉醉于他们的英雄诗歌，听他们宣讲他们的神圣使命，也就是高举塞尔维亚王国的圣洁旗帜，杀死所有的穆斯林男性、女性和孩子。然后他通过无线电汇报情况，或者在某个蒙昧的山村和我碰头。”

“波斯尼亚人——穆斯林呢？”普罗克托问。

尽管不像丈夫那样喜怒溢于言表，但琼还是迟疑了一下，露出预示着坏消息的那种表情：

“唉，对，穆斯林永远是受害者，对吧？从一开始就用小字体印好了。而爱德华本性难移，他爱上了受害者。因此舞台已经搭好了。”她朝着蔬果园倾述，一只手又揪起了头发。

“要是我没记错，有一两个早期征兆，”普罗克托踌躇着提示道，打破了沉默，“等我的学员和咱们以前一样，也被他们管理的情报员的小动作气得要发火的时候，应该好好注意一下这种征兆。琼，能举两个例子吗？”——举起笔，摆出记录的姿势。

“第一个你所谓的征兆刚一出现，我们就立刻如实汇报给了总部，这个征兆是弗洛里安非常生气，因为他的塞尔维亚材料首先发往伦敦和转给美国人，而不是直接交给波斯尼亚人。按照弗洛里安的看法，伦敦把情报转给波斯尼亚人的动作不够快，导致他们无法在下次屠杀到来时保护自己。伦敦在这方面不肯让步，他们怎么可能让步呢？你不可能允许外勤特工把收集到的情报交给参与战争的当地人。英美伙伴关系怎么办？北约怎么办？我是这么对爱德华说的：你别胡思乱想。无论是好是坏，我们都属于这个联盟。我——我们——不知道的是他疯狂地喜欢上了山区不属于任何阵营的一家人。他们是个世俗家庭，这对爱德华的交际对象来说算是强制性的条件，但深深扎根于穆斯林传统，为一个阿拉伯的非政府组织工作。你不可能从所有方面掌握一个情报员的私生活，对吧？”

“绝对不可能。”菲利普粗声粗气地附和道，他沉浸在自己的思绪之中。

“所以我们怎么可能知道呢？弗洛里安自己觉得应该告诉他们，任何人都不可能知道，对吧？我就是这么对总部说的。情报站设在贝尔格莱德，而弗洛里安漫山遍野乱跑，你说我能怎么做呢？”

“亲爱的，你不可能做得更加面面俱到了。”菲利普安慰她道，抬起胳膊，捏了一下她的手。

*

琼说，她对这个村庄的了解仅限于它劫难后的状态。麻烦普罗克托记住这一点。那时候它已经变成了波斯尼亚的另一堆瓦砾和许许多多的墓碑。

但对于弗洛里安，这个村庄具有特殊的意义。它就像他领养的孤儿，他只要找到机会就会回去看看。当时她只知道这么多。它并不是个秘密场所，仅仅是个非常私人的场所。他提到过两三次这个村庄（很可能是蹲在一辆援助卡车的车斗里，琼听他汇报情况），他讲述的并不是村庄本身，而是村庄里的人。

实话实说，她并不怎么关心那个村庄和除弗洛里安之外的其他人。她更在意的是确定弗洛里安的安全、约定下次碰头的时间地点、听取他带来的情报和把情报传回贝尔格莱德。

按照弗洛里安的描述，那地方只是个普普通通的波斯尼亚村庄，藏在绵延起伏的山丘之间，从萨拉热窝开车去需要一天。村里有一座清真寺和两座教堂（天主教和东正教各一），教堂的钟声时常与宣礼塔的报时声混在一起，没人觉得有什么不对的，弗洛里安觉得这个氛围非常好。

“想让他承认任何人因为宗教而过得更好是不可能的，但至少信仰没有撕裂那儿的人群，这就值得欢呼了。村里举行狂欢舞会的时候，所有人都会唱起同样的歌曲，痛饮同样的烈酒。”

是啊，确实是个梦幻一般的村庄，她说，然而村民共同生活的基础非常脆弱，波斯尼亚的各个群体只是互相容忍了五百年，然后所有人就都变成了嗜血狂徒。

“这个村庄在弗洛里安眼中之所以仿佛天堂，主要是因为他结交的那一家好人，但我必须承认，当时我几乎没把这件事放在心上。他抱着获取当地驻兵情报的侥幸心理来到这个地方，自己都还没醒过神来，就坐在了一家文明人的餐桌上，招待他的是一对美丽的约旦人夫妻和他们青春期的儿子，讨论法国十九世纪小说的精妙之处。我这么说你也许会觉得我过于冷漠，但这种疯狂的事情没什么稀奇的。每个人每天都会有一次改变人生的体验，通常来说更可能是五次。因此，是的，我应该更认真地听弗洛里安讲述他那一家梦中好人的，但我没有。我更在乎的是听他告诉我兵力调动的情况。”她说。

“你的做法是正确的。”普罗克托喃喃附和道，同时奋笔疾书。

琼数了一会儿手指。以下是我们查到的情况——尽管为时已晚。我们在总部的命令下，煞费苦心地做了事后重建。她是不是说得太快了，斯图亚特你来得及记录吗？

不快，琼，你说得很好。

“男的约旦人是医生。名叫费萨尔。在法国念书和取得资格。女的是前者的妻子，名叫萨勒玛，说来难以置信，她从亚历山大和杜伦两所大学毕业。十三岁的少年名叫阿拉夫，是前述两者的儿子。他在安曼念书，学校刚好放假，他想成为父亲那样的医生。有概念了吗？”

普罗克托有概念了。

“费萨尔和萨勒玛负责管理一个医学中心，资金来自沙特阿拉伯资助的一个不结盟非政府组织。医学中心设在村庄边缘的一个废弃修道院里。修道院有——曾经有——食堂和围场，一条小溪从中间穿过。算是个五星级的世外桃源。按照爱德华的说法，妻子萨勒玛具有非凡的组织能力，把上述食堂改造成了野战医院。上述阿拉伯非政府组织向丈夫费萨尔提供了几位很厉害的野战医生。每天晚上都会有卡车开来，卸下伤员。最激烈的战斗发生在萨拉热窝，但山区也有小规模的冲突。由于野战医院的存在，村庄以为它是个避难所。但他们错了。”

*

相对平静的贝尔格莱德，时间已经过了午夜。琼和菲利普在床上睡觉。琼刚出完外勤任务回来。弗洛里安好几天没联系过了，但这并不稀奇。他最后一次已知的会面对象是一名塞尔维亚炮兵上校。产出的情报相当出色，赢得了总部的一封贺电。他们床头的绿色电话响了：只有情报员才知道这个号码，而且只有在极度紧急的情况下才会使用。接电话的是琼，情报站的首席特工操控者：

“我听见一个沙哑的声音：我是弗洛里安。弗洛里安？我说。那是谁？从没听说过这个名字。我是说，当时我根本没想到说话的人有可能是爱德华。听上去完全不像弗洛里安。我甚至不确定他知不知道自己的代号。我首先想到的是弗洛里安被抓住了，说话的是把他扣作人质的人。然后我听见：全完了，琼。说话的是个外国人，没有任何语气。这时候菲利普已经拿起分机了，对吧，亲爱的？”

“我们唯一能做的就是让他继续说话，”菲利普答道，“他认识弗洛里安。他知道琼。因此这个狗娘养的肯定有什么想法。我朝她打手势，让他继续说话”——摆动分开的手指和大拇指——“让他继续说话，我去叫接线员追踪来电。”

“我当然已经在这么做了，”琼说，“逗弄他，我心想。琼是谁？我说。什么完了？告诉我你是谁，我就告诉你有没有拨错号码。这时他突然变回了爱德华。这次我知道他是爱德华了，因为声音里没有了波兰或其他口音，而是他平时的正常口音了。他们杀了他们，琼。他们杀了费萨尔和他儿子。我说，太糟糕了，爱德华，你在哪儿，为什么使用这条线路？他说他在那个村子里。哪个村子？我问。他的村子。我好不容易才从他嘴里问出了村庄的名字。”

*

琼接下来做的事情极为出格，但她讲得非常枯燥，因此显得过于平淡，普罗克托需要消化几秒钟，才能认识到她的行为体现了何等的胆量。她在一名译员、一名司机和一名穿便衣的特种部队中士陪同下，径直冲进了山区。第二天傍晚，他们找到了那个村庄——更确切地说，那个村庄的残骸。清真寺被推倒了，所有房屋都被炸得粉碎。墓地里，一位年长的毛拉蹲在一排新坟墓前。

你的村民呢？琼问他。

被一个塞尔维亚上校抓走了。塞尔维亚士兵逼着他们排成一排穿过雷区。村民必须尽量踩着前面人的脚印走，否则就有可能被炸断腿。

医生呢？

死了。还有他儿子。塞尔维亚上校先和他们说了几句话，然后枪决了他们俩，作为对医治穆斯林的惩罚。

妻子呢？上校也打死了妻子吗？

有个会说塞尔维亚语的德国人，但他来晚了一步，没能救下医生和他儿子，老毛拉说。这个德国人经常来村里，住在医生家。德国人先用塞尔维亚语和上校讲道理。上校和德国人似乎是老朋友。德国人很会说话。他假装说他本人想要享用那个女人。上校对此捧腹大笑，抓着女人的胳膊，把她像礼物似的塞给德国人。然后他命令他的手下上车，就这么离开了。

那个德国人呢？琼问。他去哪儿了？

德国人帮女人埋葬了她的亲人，然后开着吉普车带她走了。

*

菲利普坚持要普罗克托去洗漱收拾一下再告辞，然后，既然来都来了，那就顺便参观一下他的巢穴吧。查普曼在前面开路，他们绕过那一小块蔬果园，走进一间园艺小屋，这儿有一张书桌、一把椅子和一台电脑。木板墙上挂着情报局板球队的集体照，时间是 1979 年。一根房梁上挂着一个风干大蒜用的网兜。墙边的几排花盆里种着葫芦和胡瓜。

“问题在于，老小子——咱们私下里说说，别去告诉学员们，否则你的养老金就没了——咱们没做什么能改变人类历史进程的事情，对吧？”菲利普说，“身为一个老间谍，我必须告诉你这个老间谍，我觉得假如我去开一家少年俱乐部，对社会肯定更加有用。不知道你是怎么认为的。”

*

目标常去的每一家商业街企业或店铺。

目标结交或不遗余力施以恩惠的每一名商人。他们作为回报帮助目标做的每一件事情。

目标每一次借用他人电话或电脑的详情。所有接入和呼出的通讯记录。

但是比利，不管你干什么，老天在上，千万别打草惊蛇。

-8-

朱利安试穿一身定制的蓝色正装，觉得老城的味道太重，于是换了件格纹的运动上衣。他觉得运动上衣不够稳重，又换上了深蓝色的运动夹克、灰色法兰绒长裤和鸟眼花纹的针织丝绸领带，这条领带来自巴德先生，皮卡迪利拱廊的衬衫大师，来自他挥霍无度的过去。他打好领带，解开，取下来，装进夹克衫的口袋里。他第 n 次打上领带，脑袋里在和一堆难以解答的问题缠斗，自从四十八个小时前他的电话突然响起，这些问题就一直在折磨他。

“你好”——女人的声音。背景里是吵闹的当代摇滚乐。有人关掉了音乐。

“你好，我叫朱利安·劳恩斯利——”

“很好。就是那家书店对吧？你打算什么时候来？”

不可能是黛博拉本人。是戴《日瓦戈医生》头巾的那位吗？

“呃，不知道星期四方不方便——”

“星期四没问题。我会告诉我老妈的。你吃鱼的吧？我老爸恨死鱼了，但我老妈只吃得下鱼。哦，对了，我叫莉莉，是他女儿。”——声音变得低沉，像是在说女儿代表厄运。

“呃，你好，莉莉。我什么都吃。”朱利安说，从突然得知真相的冲击中回过神来，他和爱德华亲密相处了天晓得多少个小时，却直到此刻才知道黛博拉·埃文有个女儿，更不用说这个女儿还是她和爱德华一起生的。朱利安注意到她说起话来既直接又爽快，与她父亲字斟句酌的说话方式完全不同。

“七点你可以吗？”她问，“我老妈吃饭早，再过一个小时她就必须休息了。”

“七点没问题。”

*

这不是他生活中唯一的谜团。书店的两台笔记本电脑神秘失踪了，一台消失前在储藏室，另一台在地下室。警方姗姗来迟，他们能做的事情并不比朱利安多到哪儿去：

“这个活儿做得非常专业”，这就是便衣警长全部的推测了：“我们认为至少是个三人团伙。一个人打掩护，两个人动手。你记得有没有一个女人突然歇斯底里发作，或者有人号称他的孩子不见了？没有？真可惜。前面的人闹将起来，趁你分心的时候，同谋甲溜进你的储藏室偷东西，同谋乙蹑手蹑脚下楼梯，去地下室做同样的事情。你记不记得见到有女人穿得格外臃肿？”然后他压低嗓门，小声嘀咕道：“你不认为有可能是内贼，对吧？比方说你那位叫马修的伙计？据我所知，他没有案底，但任何罪犯都是有第一次的，你说呢？”

这件事里最奇怪的一个细节是爱德华的反应，那天晚上他来到书店，朱利安说他用来保存与经典作品图书馆有关的珍贵通信的电脑丢了，他的表情没有任何变化，身体的姿势同样毫无变化，但从他涣散而呆滞的眼神来看，他听到的更有可能是他的死刑判决。

“两台都丢了，”朱利安确认道，“我猜你没做备份，对吧？”

轻轻摇头。

“看来咱们损失惨重。不过，你的纸面清单还在，我楼上有一台备用的笔记本电脑可以用来干活。咱们很快就能追回进度的。”

“好极了。”爱德华说，强大的恢复力再次登场。

“我还有一封给你的信”——递给他——“玛丽的。”

“谁？”

“玛丽。贝尔西公园的那位女士。她写了回信给你。就是这封。”

朱利安替他送了一封至关重要的信件，他难道忘记了吗？

“哎呀。谢谢。真是太好了”——但不确定这个太好了是在说朱利安还是那位不知名的女士。

“还有个口信。她叫我亲口带给你。准备好了吗？”

“你和她交谈了？”

“犯法吗？”

“聊了多久？”

“加起来八九分钟吧。在隔壁的啤酒餐馆。大部分时间她在给你写信。”

“你们谈了什么实质性内容吗？”

“恐怕算不上。其实只聊了聊你。”

“她怎么样？”

“这就是她要我带给你的口信。她一切都好，她很冷静，心平气和。她的原话。另外，她很美丽。这不是她说的，是我说的。”

似乎有那么转瞬即逝的一刹那，熟悉的笑容点亮了爱德华憔悴的面容。

“感激不尽”——他用双手握住朱利安的手，险些捏碎骨头，然后松开。“再次感谢你，感谢你一万遍。”

我的天，他真的在流泪吗？

“可以吗？”——言下之意：可以让他安安静静看信吗？朱利安你哪儿凉快哪儿歇着去吧。

但朱利安并不打算立刻就走开。

“明晚我要去你家吃饭——万一你还不知道的话。”

“那是我们的荣幸。”

“你为什么不告诉我你有个女儿？我的名声难道这么差劲吗？真是不敢相信。这太——”

太什么呢？他想不出来。

爱德华再次闭上眼睛，把整个世界拒之门外。他缓缓地长出一口气。自从朱利安认识他，虽说只有短短几分钟，但他第一次露出了无法承受生命之重的表情。他最后终于开口了，朱利安不由松了一口气。

“有好几年，让我深感遗憾的是，我们的女儿莉莉选择在伦敦单独生活。尽管我本人很希望，但我们并不一直是那种关系密切的家庭。我辜负了她。让我们非常高兴的是，她在她母亲最需要陪伴的时候回到了我们身边。现在我可以看信了吗？”

*

朱利安终于把巴德先生的领带打出了让他满意的效果，他从冰箱里取出上午在食品店买的礼物包装的香槟酒，在旧雨衣和老城风格的大衣之间选了前者，他锁好店门，怀着强烈的好奇心和骇人的预感，踏上通往银景庄的熟悉道路。来到那条坑坑洼洼的小径上，他经过了一辆破旧的白色厢式货车，这辆车停在路边，一对年轻情侣在前排座位上热烈拥抱。通往主屋的铁门敞开着。他正要按门铃，屋子的前门就打开了。

“你是朱利安，对吧？”

“所以你就是莉莉。”

她身材娇小而柔韧，黑发剪得像个小男孩，嘴唇抿成一条缝。她穿宽松的牛仔裤，扎着厨师的条纹围裙，围裙上有两个心形的口袋。她打量他的第一眼时间很长，目光坦率：蓝色的运动夹克、针织的丝绸领带、印着“劳恩斯利精品书店”徽标的黄麻布手提袋。她遗传了父亲的深棕色眼睛。她把背后的门关上一半，下了一级台阶走到他身旁。然后她像是古怪地松了一口气，把双手插进围裙的口袋，朝他摆摆肩膀，示意咱们同甘共苦。

“所以，哥们，你那个袋子里装着什么？”她问。

“香槟。冰好了，打开就能喝。”

“好极了。老妈说是还在治疗中，明白吗？但随时都有可能不行。她自己知道，不喜欢别人怜悯她。她想到什么就说什么，而她想得很多，所以什么事情都有可能发生，明白吗？只是告诉你一声你这是一脚蹚进了什么浑水。”

朱利安跟着她上台阶，带着擅自闯入的感觉走进巨大的门厅，用房地产经纪人的说法，这儿长期以来一直在等待现代化翻修。上校龟裂的海船油画和上校的古董气压计挂在他女儿家泛黄的浅浮雕墙纸上，它们排列整齐，仿佛士兵的队伍。唯一的光源是个挂在天花板上的铸铁轮子，上面固定着流淌黄色塑料烛泪的电子蜡烛。红木的旋转楼梯在门厅的另一头伸向楼上，楼梯侧面安装了供残疾人使用的白色扶手。他是不是听见了贝多芬？

“老妈！”莉莉朝着楼上喊道，“客人带着香槟来了！化好你的战妆下来吧！”她没有等待回应，直接领着朱利安穿过一扇开着的门，走进同样巨大的会客室，墙边的大理石壁炉里有个铜瓮，里面插满了枯干的花朵。

壁炉前，两张灰色的沙发像战线似的彼此拉近。镶着墙板的凹室里，摆着一排排皮革装订的书籍。银景庄著名的爱德华·埃文先生站在房间离门最远的角落里，等待被来客发现，今天他完全又是另一个面貌，他身穿褪色的栗色吸烟服和相配的金穗家居拖鞋，白发梳得整整齐齐，在耳朵背后挑成一个个小角。

“朱利安，我亲爱的朋友！真是蓬荜生辉呀！”——好客地伸出一只手——“看来你和莉莉已经相互认识了。太好了！我的好老天，你手里拿的是什么？我是不是听见了有人说香槟？莉莉我亲爱的，你母亲已经开始她艰难的下楼大业了吗？”

“两分钟，马上就来。我去把酒放进冰箱，把晚饭端出来。听见我吆喝一声，马上就给我过来。明白了吗，老泰德？”

“完全明白，亲爱的。时刻准备着。”

爱德华和朱利安面对面坐下。两人之间的咖啡桌上，银色的托盘里放着酒瓶和几个酒杯。朱利安第一次在爱德华的眼睛里见到了似乎是恐惧的神色。

“能允许我请你喝一杯雪莉酒吗？还是想喝点儿更烈的？显而易见，这个家里没人知道你去过伦敦。”

“我意识到了。”

"她们知道我正在为你优秀的书店创办一个经典文学分区。电脑被盗也许会引来不必要的担忧，因此我建议最好不要提起。黛博拉对某些事情也许会过度敏感。其他一切话题当然都可以尽情讨论。一天中只有这会儿是她最精神的时候。"

楼上的贝多芬已经停了，现在只能听见回荡在大宅里的吱嘎声和风声。爱德华倒了两杯雪莉酒，递给朱利安一杯，把另一杯举到嘴唇前，默默地向朱利安敬酒，然后喝了一口。朱利安也喝了一口。就好像是得到了一旁提词员的首肯，爱德华换上比较大的嗓门，继续和他交谈。

"朱利安，黛博拉一直在盼望今天的见面。她非常重视她父亲与镇上公共图书馆的长期联系。家族的信托基金直到今天也还是捐赠资金的主要来源。"

"好极了，"朱利安也大声答道，"这可真是令人"——后面他想用的词是"激动"，但他听见从厨房传来了叮叮咣咣的声音，于是转而询问莉莉的情况。

"她是干什么的——你想问她靠什么生活，对吧？"爱德华沉思道，就好像从没听说过这种问题，"就目前而言，莉莉在做饭。还有，显而易见，照顾她亲爱的母亲。但靠什么生活呢？"——难道很难回答吗？——"要我说，她的强项是艺术。不是我作为父亲希望她去搞的美术，而是她最初爱上的那种艺术。是的。”

“图像艺术——商业艺术？”

“正是如此。属于那个分类。你说对了。”

一个巴巴多斯男性优美的嗓音从楼梯上飘下来，挽救了他们尴尬的局面。

“稳着点儿，我亲爱的……一步一步走，别着急……好极了，就是这样……慢慢来，悠着点儿，我亲爱的……做得很好，对，非常好”——随着每一句劝告，都会传来一下拖着脚走路的脚步声。

一对庄重的男女手挽手走下宽阔的楼梯，就好像今天是他们的大喜日子：年轻的黑人新郎梳着脏辫，相貌堂堂，吟诵誓言时几乎不动嘴唇；苗条的新娘一袭黑衣，扎着纸一般薄的金色腰带，孩童般的脸蛋两侧，银灰色的头发像翅膀似的扬起，她一只手抓着栏杆，一只金色拖鞋里的脚趾盲目试探，寻找下一级台阶。

“是你吗，朱利安先生？”她用严厉的声音问。

“正是在下。晚上好，黛博拉，非常感谢您邀请我来共进晚餐。”

“他们有没有给你喝的东西？这儿的服务不总是那么尽如

人意。”

“他带了香槟给咱们，亲爱的。”爱德华大声对她说。

“感谢你腾出时间来陪我们，”黛博拉继续说了下去，没有理会爱德华，“特别是考虑到你在书店里要面对那么多烦人的事情。据说我们这儿的装修队已经无药可救了。米尔顿，你说是不是？”

“一点不错。”“新郎”附和道。

爱德华用胳膊肘捅了捅朱利安，示意他过去。“我看咱们最好过去坐下了，米尔顿，你觉得呢？”他朝着楼梯上面问，“桌首的座位，离门最近的那个？”

“没问题，泰德。”

爱德华换上父亲的语气说：

“莉莉我亲爱的，麻烦你把厨房里的音乐关小一点，免得你老妈生气回楼上去，可以吗？”

“哎呀——好了。不好意思，妈妈。”音乐停下了。

他们走进又一个荒无人烟的房间。对面遥远的墙边可疑地固定着一排空荡荡的棕色木架。架子上是不是曾经陈列着某一组伟大的收藏？餐桌的一头摆好了餐具：锦缎餐巾、银烛台、杯垫、雉鸡羽饰、胡椒磨。桌首是黛博拉的高背宝座，上面垫着几个医用枕头。

“需要帮忙吗，莉莉我亲爱的？还是说我只会和平时一样给你添乱？”爱德华对着打开的上菜窗口问，他得到的回应是盘子叮叮哐哐的碰撞声、烤箱门砰然关上的巨响和低声嘟囔但清晰可辨的一声“妈的”。

“我能帮忙吗？”朱利安问，但爱德华在忙着开香槟，莉莉还在乒乒乓乓地摆弄煮锅和煎锅。

黛博拉和米尔顿还在跳他们的芭蕾独舞，米尔顿身体向后倾斜，抓着她的两个手腕。黛博拉在他的搀扶下，优雅地坐进枕头堆里。

“九点半回去休息，可以吗，夫人？”米尔顿问。

“一个人休息多了也会厌烦的，朱利安，你说对不对？”黛博拉抱怨道，“请坐。让其他人忙他们的，咱们自可坐享其成。”

这是在引用什么名著吗？也许他们说话总要引经据典。他听话地坐下，对黛博拉的喜爱之情油然而生。也有可能是钦佩。或者仰慕。她可以当他的母亲，她即将死去，受到丈夫的欺骗。她比他年长，很美丽，勇敢得超乎想象，要是你现在不抓紧时间爱她，那很快就会来不及了。爱德华郑重其事地把香槟酒杯放在众人面前的银杯垫上。黛博拉只当没看见。

“九点半你觉得没问题吧，泰德？”米尔顿从黛博拉的头顶上问爱德华。

“我没问题，米尔顿。”爱德华说，把酒杯为莉莉放在上菜窗口前。

米尔顿立刻离开了。

“他有个情人，”等房门关紧之后，黛博拉对朱利安说，“藏在镇上的某个地方，我们不知道具体是哪儿。我们也不会问他的情人是男是女。莉莉说打听这些不礼貌。”

“太对了，就是没礼貌，”莉莉隔着上菜窗口强调道，“干杯，妈妈。”

“干杯，亲爱的。还有你，朱利安。”

没有爱德华的份？

“你已经完全安顿下来了吗，朱利安，还是说你半只脚依然留在伦敦，只是为了以防万一？”黛博拉问。

“事实上，连个脚趾都没留。我没什么回去的念头。我还保留着我那套公寓，但正在想办法卖掉。”

“相信肯定不成问题。我好像读到过，房地产市场最近欣欣向荣。”

我们快死的时候都会这么做吗？看报纸研究我们永远不会

去住的房子?

“但你偶尔还是会回去一趟?”

“偶尔”——但从来不去贝尔西公园。

“只在非去不可的时候去?还是厌烦了我们就去?”

“非去不可的时候去,另外,黛博拉,我绝对不会厌烦你的。”他开玩笑地反击道,尽量不去看爱德华的眼睛。

他想到了玛丽。自从他见到黛博拉的那一刻起,他就在对比和区分爱德华的两个女人。她们的竞争很不公平。玛丽洋溢着的是暖意,而黛博拉只给人以矜持的感觉。

莉莉从厨房出来,她先为母亲整理头发——她的发型在下楼时遭到了显而易见的破坏——然后亲吻母亲的额头,然后又喝了一口香槟,然后从上菜窗口端来吐司和前菜,最后在朱利安的右手边坐下,爱德华则在餐具柜前手忙脚乱地拿盘子和调料瓶。

“谁想要山葵都管够,”莉莉宣布今晚的菜单,“森宝利超市最好的牌子。没问题吧,老兄?”——她问朱利安,顺势用胳膊肘捅了一下他的肋骨。

“太好了。你没问题吧?”

“呱呱叫,老先生。”她用伊顿公学船歌号子般的标准口音答道。

“还有烟熏鳗鱼，我亲爱的，”她母亲愉快地惊呼道，就好像她落座时菜盘没放在她面前似的，“绝对是我最喜欢的。你真是太体贴了。再配上朱利安的香槟。我们真的会被宠坏的。朱利安。”

“黛博拉？”

“你漂亮的新书店情况怎么样？我说的不是财务方面。那根本不重要。据说你很富裕。我说的是在我们这个只有周末度假客和移民光顾的可怜小镇，作为我们这个社区里的一家优质书店，作为我们优秀的图书馆的文化姐妹，情况怎么样？”

他正想给她一个肯定的回答，没想到刺人的话还在后面。

“我是说，你真的愿意按着心口告诉我，对我们不得不称之为普罗大众的这些人来说，一个经典文学图书馆谈得上有任何诱惑力吗？”

“他能开好他的书店的，妈妈，相信我。他是个万里挑一的好小子，对吧，朱尔斯[1]。我见过他的店面。简直是文学的福南梅森[2]。不用在意我们普罗大众。雅痞会成群结队来光

---

1 朱利安的昵称。

2 伦敦皮卡迪利街的著名食品商店和百货公司，销售高级食品和其他奢侈品。

顾的。”

她的香槟喝完了，莉莉喝了一大口白葡萄酒。

“但我说句真心话，朱利安，在这个时代？”黛博拉不肯让步，“我是说，你真的确定爱德华没把你带上一条完全不挣钱的歧路吗？他这个人一旦下定决心是很会操纵人的，尤其是牵涉到老校友的儿子的时候。”

“你在操纵我吗？”朱利安喜滋滋地问爱德华，爱德华一直在忙着斟酒，坚决不加入他六英尺之内的任何交谈。

“那还用说吗？朱利安！”他回答的语气未免过于愉快，“真是令人吃惊，你居然一直没注意到。我害得你过了打烊时间也没法关门。逼着你每晚接纳我这么一条流浪狗。要我说，这恐怕是最高等级的操纵了，你觉得呢，莉莉？”

“唔，当心点儿，朱利安，我只能说这么多，”黛博拉冷冷地提醒他，“要是不当心，某天早上醒来，你说不定会发现你已经破产了，因为他骗你买了各种各样卖不掉的书。朱利安，你是基督徒吗？”

他发现莉莉在桌子底下抓住了他的手，因此回答时更加难以开口了——据他判断，这不是一个调情的姿态，更像是她在看一部血腥得不堪忍受的电影，抓住别人的手是想给自己壮胆。

"我认为不是，"他审慎地答道，握了一下她的手以示鼓励，然后轻轻松开，"就目前而言，不是。"

"毫无疑问，你和我一样，也讨厌有组织的宗教，然而，我这辈子都在坚守我们宗族的迷信传统，因此打算按照他们的仪式埋葬自己。朱利安，你有你的宗族吗？"

"告诉我属于哪个宗族，黛博拉，我会尽量适应的。"他答道，惊讶地发现那只手又回来了。

"对我来说，基督教与其说是宗教，还不如说是我们共同坚持的一套价值观。还有我们为了保护价值观而做出的牺牲。你去镇上图书馆的时候，有没有注意到我父亲获得的勋章？"

"非常抱歉，没有。"

"一等勋章，"莉莉补充道，"最高级的。"

"是我们捐给图书馆的，明白吗？亲爱的，你确定你可以喝这么多吗？"

"我需要给自己鼓鼓劲，妈妈。"她说，一只手舒舒服服地窝在朱利安的掌心里，就像一个老朋友。

"就在一进去的门厅里。西面墙上。相当低调，放在一个小小的盒子框里，上面钉着一块铜牌。诺曼底登陆的第一波攻势有我父亲的一份功劳，给他的十字勋章又添了一横。你可以在绶带上看见它。一横只是个非常不起眼的装饰，但能够代表非常深刻的含义。”

“我完全相信。”

“你也有个吧[1]，对不对，朱尔斯？咖啡吧。在楼上。马修告诉我的。”

“上校的父亲死在加里波利的战场上。爱德华没告诉你吗？”

“好像没有。”

“是啊。他肯定不会说的。”

“鳗鱼还合胃口吗，老泰德？”莉莉隔着桌子问父亲，完全没有要放开朱利安的意思。

“真正的盛宴，我亲爱的。正要用心享受呢。”爱德华答道，他最不喜欢的食物就是鱼。

朱利安已经给自己下了评语，你这一辈子就是一节超长的调解大师课程，他再次勇敢地打起了圆场。

“我在认真地推动镇子复活它传统的艺术节，黛博拉，不知道有没有人和你说过？”

“没有。没人告诉过我。”

1　勋章或纹章上的横纹与酒吧是同一个单词：bar。

“朱尔斯这就要告诉你了，妈妈，”莉莉说，“你好好听着。”

“目前的情况有点胶着，非常抱歉，”他继续道，“当权者似乎缺乏动力。不知道你在这件事上能不能给我一点建议，好让我有个努力的方向？”

她能吗？不能吗？

莉莉收回那只手，把吃鳗鱼的盘子垒起来，请爱德华拿到上菜窗口去，而黛博拉思考着他的问题。喝下去的半杯香槟给她的面颊染上了一点血色，她浅蓝色的大眼睛射出灼热的白光。

“我丈夫笃信自由主义，他常说他有个令人耳目一新的观点，就是英国需要一个全新的精英阶层，”她朗声道，“也许你可以把这个当作你的指导方针。”

“艺术节的？”

“不，不是艺术节。是你的经典文学分区。再见了，旧时代的卫道士，你好，我们心目中他们的反面。当然了，人们也可以提出一个新的可选择对象，但那注定是白费力气。唔，你说呢？”

大惑不解。她到底在说什么？爱德华主动承担起了跑堂的角色，此刻在给他们上奶油焗鱼酥。莉莉回到桌边，用另一只手托着下巴，已经神游天外。勇敢的朱利安，和先前一样单打独斗。

“听你说爱德华是个自由主义者，黛博拉，我非常吃惊”——就好像爱德华在另一个国家似的——“我一直觉得他是个保守派的兄弟。也许是那顶洪堡帽骗过了我。”他这么说是想活跃气氛，莉莉令人愉快地从鼻孔里哧哧笑，但黛博拉只是瞪了他一眼。

“那你也许应该知道一下，朱利安，我们为什么不得不把我父亲的宅子改名叫银景庄。”她说，气呼呼地一口喝完了剩下的半杯香槟。

“天哪，妈妈！”

“还是说爱德华已经给了你一个靠不住的解释？”

“无论靠不靠得住，他都没有说过。”朱利安连忙答道。

“唉，真该死，妈妈。求你了。”

“我猜你一定听说过尼采，对吧，朱利安？希特勒钦定的哲学家？爱德华说你在文化的某些领域算是发育得有点慢。”

“别说了，妈妈，真的。”莉莉恳求道，这次她跳起来，跑到母亲身旁，搂住她，爱抚她的头发。

“爱德华和我结婚后不久，他得出一个结论——我不得不说，是他单方面的臆想——历史在很大程度上抹黑了尼采。”

爱德华终于活了过来：

“黛博拉，根本不是我单方面的臆想，”他大声说，罕见地涨红了脸，“几十年来我们被灌输的尼采神话是他可恶的姐姐和她同样可憎的丈夫编造出来的。他们两个人把这个可怜的家伙描述成他从来都不是的一个怪物——而且我不得不说，是在他去世后很久。我们无法允许世界历史上的魔头把他们可畏的探索性智力用于令人厌恶的事业。”

“是啊，好吧，希望不会有人这么对待我，”黛博拉说，莉莉一直在抚摸她的脑袋，“就算尼采是个人自由的最一往无前的倡导者，那又如何呢？在我看来，个人自由永远是连带着义务的，但对尼采和爱德华来说，义务根本不存在。对尼采和爱德华来说，永远是‘做你想做的’，而不是‘想你所做的’。这是个极为危险的口号，你说呢，朱利安？”

“我必须思考一下。”

“妈妈，我的天，行了吧。”

“一定要好好想清楚。爱德华深信其他人只能赞同他的看法。尼采在魏玛的住所名叫 Silberblick[1]，因此我们家也必须叫银景庄。多年前我们拗不过他，只好随他去了，对不对，我亲

1　德语，英语意为 Silverview（银景）。

爱的？”——这是对莉莉说的，此刻她正在绝望地用毫无分量的吻覆盖母亲的头部。

但黛博拉还不肯停下。

“现在说说你吧，朱利安。我必须满足我的好奇心。”

“说说我，黛博拉？”——他居然保持住了戏谑的语气，而莉莉回到他身旁坐下。

“对，你。你是个什么样的人？显而易见，你受到过老天的祝福。按照犹太人的说法，你是有德之人。但我很想知道，你为什么那么迫不及待地放弃了老城？就我听到的那一丁点消息而言，某种反资本主义的狂热冲动一时间控制了你。但在此之前你给自己挣足了家产，不过这个不提也罢。请问我得到的情报可靠吗？”

“事实上，黛博拉，问题更像金属疲劳。原因是处理了太多别人的钱。”

“为了这话我要喝一杯！”爱德华突然插嘴，抓起酒杯举了起来，“金属疲劳。从手指开始，向上蔓延直到大脑。说得好，朱利安。给你满分。”

又是一阵危险的冷场。

“那么，黛博拉。轮到你了，请允许我斗胆问一句，”朱利安主动出击，使出他仅剩下的那一丁点外交手腕，“我知道爱德华是一位可敬的语言学家。而你似乎是一位为政府服务的杰出学者。能说说你具体是干什么的吗？”

这次轮到莉莉跳出来了，她干净利落地接过话头。

“老泰德是一位了不起的语言学家：波兰语、捷克语、塞尔维亚-克罗地亚语，什么都会，对吧，老泰德？他的英语也相当不赖。来吧，老爸。让他知道一下你的厉害。说说你还会什么。”

爱德华先假装犹豫，然后一起参与分散注意力的行动：

“哎呀，亲爱的，我就是一只鹦鹉。虽然会几种语言，但根本用不上，这有什么好的呢？你忘记说德语了。还会点儿匈牙利语。法语当然没问题。”

然而黛博拉那具有穿透力的声音再次响起，给这一刻画上了句号。

“我是阿拉伯方面的专家。”她正色道。

*

终于熬到了喝咖啡的时间，朱利安偷偷看了一眼手表，九点二十了，离黛博拉预定的退场时间还有十分钟。莉莉不见踪影。楼上传来一个女人唱爱尔兰歌谣的声音。爱德华默默地坐在一旁，埋头玩他手里的葡萄酒。黛博拉直挺挺地坐在枕头堆里，她闭着眼睛，像一位在马鞍上睡了过去的美丽女骑手。

“朱利安。”

“我还在，黛博拉。”

“整个战争期间，我的叔叔安德鲁在离这儿不远的地方做研究，他是科学家，非常有天赋的那种科学家。爱德华有没有告诉过你？”

“好像没有，黛博拉。爱德华，你说过吗？”

“肯定是我忘记说了。”

“从事的是高度机密的研究。他一直到去世都绝不透露任何情况，他基本上是活活累死的。那个时代的人都忠心耿耿。你应该不是和平主义者吧？”

“应该不是。”

“很好，别变成那种人。米尔顿来了。和平时一样准时。我不能问他去干什么了，那是没礼貌的。非常感谢你能来，朱利安。我必须继续坐在这儿。我爬楼梯回去的模样往往没那么优雅。”

听到这句，朱利安明白他可以走了。

爱德华在门厅等他。前门已经敞开。

“希望不算太痛苦。”他愉快地说，和朱利安热烈地握手。

“今晚过得非常愉快。”

“莉莉叫我替她说声抱歉。她还要处理家里的事情。”

“没问题。替我对她说声谢谢。”

他走进黑夜，奋起余下的最后一丝礼貌，尽可能慢地走到小径尽头。正要拔腿就跑的时候，一道手电筒的光柱落在了他身上，光柱背后是戴着《日瓦戈医生》头巾的莉莉·埃文。

*

刚开始，他们彼此间隔着一段距离向前走，各自待在自己的空间内，就像两个惊魂未定的人在离开车祸现场。然后她挽住了朱利安的手臂。灰蒙蒙、湿漉漉的夜雾凝滞不动。破旧的厢式货车依然停在路边，那对情人不见踪影，可能撤退到了车厢里，也可能分道扬镳了。商业街的冷清一头是一溜慈善商店，被钠灯照成橙红色，而热闹的另一头是炫目的白色，劳恩斯利精品书店是它最后的骄傲。两个人连一个字都没说过，她跟着朱利安爬上屋子侧面的楼梯，走进他的公寓。客厅空荡荡的，体现了他内心中的僧侣一面，只摆着一张两件套的沙发、一把扶手椅、一张写字桌和一盏台灯。观景窗对着大海，但今夜见不到海，窗外只有暗沉沉的云雾和仿佛泪珠的雨滴。她选择了扶手椅，一屁股坐进去，任由双臂耷拉下来，就像拳手在两局之间喘息。

“我不生气，明白吗？”

“明白。”

“我不会和你睡觉。”她正告他。

“明白。”

“有水吗？”

他从冰箱里取出一瓶气泡水，倒了两杯，把一杯递给她。

“我老爸把你当个宝贝似的。”

“他和我父亲是中学校友。”

“他和你聊了很多，对吧？”

“是吗？我不确定。聊什么？”

“我怎么知道？比方说他的女人们。还有他的心情。他是谁。就是人们觉得一切正常的时候说的那些东西呗。”

“我觉得他感到很抱歉，因为他没能在你成长的时候多陪陪你。”朱利安小心翼翼地回答。

“是啊，好得很，但现在说这些似乎他妈的晚了点儿，对吧？”——看手机。“顺便夸奖你一句，你表现得非常好。有礼貌。会说话。迷得我老妈恨不得脱裤衩。很少有人能做到。你这儿怎么没信号？”

“到窗口试试。”

《日瓦戈医生》的头巾已经落下来围在了脖子上。窗户勾勒出她的剪影，她挺起身子发短信，看上去更高、更强壮也更有女性色彩了。她的手机立刻响起了收到回信的滴滴声。

“很好，”她说，忽然露出一个光彩照人的笑容，与她父亲的微笑如出一辙，“老妈情况不错，正在睡梦中听国际频道呢。萨姆也睡得很踏实。”

“萨姆是……？”

“我的小崽子。有点鼻塞，搞得他非常生气。”

萨姆，他母亲唱爱尔兰歌谣哄他睡觉。萨姆，爱德华没提到过的孙子。萨姆，爱德华没提到过的女儿的儿子。门开了又关，关了又开。

“他是黑人。”莉莉说，拿起手机让朱利安看，照片里是个小男孩笑着搂住一条灰猎犬的脖子。“非要强调一下的话，其实是混血儿，但在我们这样的家庭里，两者没有区别。我老妈能接受所有肤色，但黑色不行，除非是保姆。她第一次看见萨姆，说他是她的小杂种，老爸气得发狂。我也是。”

"但是你时不时在伦敦见到你老爸？"

这个"但是"从何而来呢？

"当然。"

"经常？"

"偶尔。"

"你们做些什么呢？一起带萨姆去动物园？"

"诸如此类的。"

"剧院？"

"有时候吧。有时候在威尔顿餐厅吃一顿正经午餐，就我们两个人。他爱我们爱到了骨子里，明白吗？"

甚至对陌生人贴出了"请勿靠近"告示。

*

事后再想，朱利安记得最清楚的是笼罩了两个人的静谧气氛，是他们并肩作战后诞生的和平，是他对被他放进自己生活的人的错位担忧。他记得他们的闲谈如何替沉重得无法应付的对话完成职责。他也记得当莉莉谈到她父母时，她小心翼翼地绕过话题的边缘，就好像真正的核心是一个禁区。他还记得她和她父亲一样试探他，就好像有朝一日打算把秘密托付给他，但现在还不行。

对，画面里没有萨姆的父亲。孩子对两人来说都是个美丽的错误，同时也带来了严重的后果。整句话底下都是强调线。他定期来看他们，但他已经有了自己的生活，莉莉也一样。

对，正如爱德华的描述，她确实是个平面艺术家。她念完了一半课程，萨姆出生后，她只好放弃了剩下的一半。不过课程本身也很烂，没什么值得可惜的。

她写作并绘制了两本童书，但还没找到出版商。她正在创作第三本。

她和萨姆住在布鲁姆斯伯里的一套小公寓里，公寓是她父母的，她用“落在她手上的随便什么设计垃圾活儿”来付账单。银景庄让她毛骨悚然。

教育——狗屁教育。从她出生起就是寄宿学校。

男人？饶了我吧，朱尔斯。我和萨姆还是自己过比较快乐。你呢？

朱利安说我也在休养。

他们手挽手重新穿过静悄悄的街道，但朱利安只把她送到小径的起点。莉莉真的相信爱德华没发现她从后门溜出来吗，朱利安表示怀疑。爱德华是他见过的最警觉的人。就算莉莉是一只猫，他也能看清她的一举一动。

破旧的白色厢式货车不见了。银景庄的庞然身躯耸立在前方，黎明前的天空把它衬托成黑色。前门廊亮着一团黄色的灯光。楼上有两扇窗户也亮着灯。莉莉从他身旁走开，抬起胳膊抱住自己的肩膀，深吸一口气。

“有空来找你买书。”她说完，大步流星地向前走，连一次都没有回头。

-9-

“从十点半到下午两点没有舞蹈课，皮尔森先生，但提供咨询服务，”她在电话上用波兰-法国口音严肃地对他说，“要是我来晚了，麻烦你在二楼的等候区坐一会儿，就当你是想找我咨询的孩子父亲或监护人。”

现在是十点一刻了。还有一刻钟要打发。普罗克托坐在巴特西一家破落的希腊小酒馆里，正在用第二杯中等甜度的浓咖啡振作精神。雨水清洗过的街道对面，那座红砖小楼就是舞蹈与芭蕾学校。透过楼上的拱形窗户，能看见年轻舞者摆姿势和做动作的影子投在拉着的窗帘上。

他花了大半个通宵浏览截获后未经处理的原始资料，为的是能在晨会上进入状况，与会者除了巴滕比副局长，还有法务部的两位主任。然而在最后一分钟，会议被推迟到了今天晚上。他睡了三个小时，正在海豚广场家里冲澡的时候，爱伦打来电话说挖掘有了重大发现，要是她不多待几天，对其他人就太不公平了，顺便以她特有的顾左右而言他的方式说，她必须和旅行社认真地谈一谈回程机票的问题。

“所以你要多待几天，否则对其他人就不公平了，”他酸溜溜地说，“你们到底挖到了什么？”

“了不起的东西，斯图亚特。你是不可能理解的，”爱伦轻飘飘、漫不经心地答道，听得他更加生气了，“他们正在挖掘一座完整的罗马庄园，他们寻找了它许多年，现在终于找到了，你想象一下吧。厨房完好无损，天晓得还能发现什么。炉子里甚至还有木炭呢。他们要召开一场盛大的庆功派对。放烟花，演讲，我也不确定还有什么。”

信息过多。谎言一个接一个，以防某一个被揭穿。

“他们在哪儿做出了如此重大的发现？”他继续用平板的声音追问道。

“挖掘地点。就在现场，我的天。一片美丽的山坡上。我就站在这儿呢。你以为你还能在哪儿找到这么一座罗马庄园？”

“我在问挖掘地点的地理位置。”

“你这是在审问我吗，斯图亚特？”

“我只是忽然想到，说不定就在你们下榻的美丽酒店的花园里呢。”他答道，她的反击像连珠炮似的劈头盖脸而来，他听不下去了，于是挂断电话。

*

普罗克托用一只手托着腮帮子，第三杯希腊咖啡摆在肘边，他重新阅读几份古老文档的摘要，助理安东尼娅把这些资料发到了他的智能手机上。

时间是 1973 年。政治保安部[1]坠入了爱河：

目标只为舞蹈而生。目标拥有一切天赐的魅力。目标完全沉浸在艺术之中，在政治和宗教方面没有任何已知的关系人。目标被导师视为模范学生，有能力在职业道路上攀升至万众瞩目的高度。

四十年过去了。政治保安部的激情已经退潮：

目标与费利克斯·班克斯蒂德同居二十年，后者是长期和平活动家、支持巴勒斯坦的抗议组织者和人权斗士（个人档案另附）。尽管目标不被视为能与她的习惯法配偶平起平坐，但我们屡次注意到目标与班克斯蒂德并肩游行，例如在反对伊拉

1　直译为特殊分部，隶属于英国警察部门，专管反间谍及收集情报等特殊工作。

克战争的示威中，当时由于她参加记录在案的抗议活动达到了规定次数，因此在档案中按规定升级为橙色。

马路对面，楼上窗口的影子不见了。突如其来的暴雨使得交通陷入瘫痪。一伙多民族的青少年走出一道拱门，散开走向各自的公共汽车站。普罗克托付了咖啡钱，套上雨衣，从互相挡住去路的车辆之间跑向马路对面的人行道。

他不确定他应该按门铃还是可以直接进去，于是先按门铃，然后直接进去，发现自己来到了一个空荡荡的门厅里，砖墙上挂着纸雕和舞蹈活动的广告。贴满芭蕾舞海报的楼梯通向乐手游廊。标着“校长室”的门半敞着。他敲敲门，推开门，把脑袋探进房间里。一个女人用批评的眼神审视他的入侵，她高挑而优雅，年龄难以判断，站得像乐谱架一样笔直。她穿黑色长裤和紧身上衣。

“皮尔森先生？”

“正是在下。你是阿尼娅。”

“你是政府雇员，想问我几个问题。是这样吗？”

“完全正确。非常感谢你肯见我。”

“你是警察？”

“不，不，差得太远了。多年前在你的帮助下，某个部门在巴黎与爱德华·埃文取得了联系，我就来自这个心怀感激的部门。”他说，掏出一个钱包递给她，里面有他的照片和化名“斯蒂芬·皮尔森”的证件。她看了看照片，然后抬头看着他，时间比他预料中长得多。修女的双眼：坚定、坦率、虔诚。

“爱德华——”她想了想，重新开口，“他还好吗？他没有——”

“据我所知，爱德华很好。不好的是他妻子。”

“黛博拉？”

“对，还是同一个妻子。这个房间有点大。能换个咱们可以私下里聊聊的地方吗？”

*

她的办公室非常逼仄，分隔墙挡住了半扇镶着彩色玻璃的拱形窗，除了几把塑料折叠椅，就只有一张搁板桌充当写字台了。她不知道该怎么招待他，于是挺直腰板坐在桌子前，像极了一个规矩的好学生，望着他隔着桌子坐进另一把椅子。然后她把双手叠放在一起，做出休战的姿态，她修长的手指像雕像一样美，非常优雅。

“所以你还偶尔和爱德华见面吗？”普罗克托问。

她吃惊地摇摇头。

“不介意我叫你阿尼娅吧？”

“当然不介意。”

“叫我斯蒂芬好了。不介意我直话直说吧？你最后一次见到爱德华是什么时候？”

“很多年前了。请告诉我，你为什么要问我这些？”

“没什么特别的理由，阿尼娅。只是为秘密部门工作的人都迟早会受到调查。这次轮到爱德华了，就这么简单。”

“因为他年纪大了？因为他已经不是你们的人了？”

“你怎么知道他不是我们的人了？”——还是那个温文尔雅、带着幽默感的语气，“他告诉你他不再为我们工作了吗？他是什么时候告诉你的？你还记得吗？”

“他没有告诉过我。是我的推测。”

“根据什么呢？”

“我也不知道。我只是随口一说，没有特别的意思。”

“但你肯定记得你最后一次有他的消息或者见到他是什么时候。”

依然不回答他。

“让我帮你回忆一下吧。 1995 年 3 月的一天——对，我知道，很久以前了——午夜刚过，爱德华搭乘UNHCR[1]的飞机从贝尔格莱德抵达盖特威克机场，他蓬头垢面，除了一本英国护照，没有任何行李。这个日期听上去耳熟吗？”

就算耳熟，她也没有表现出来。

“他情况很不好。他目睹了一些可怕的事情。种族暴行。屠杀儿童。按照他不久前在信里对一个朋友说的，都是我们意欲逃避的恐怖现实。”

他停下，让对方消化这番话，却没有见到明显的效果。

“他需要一个他能信任的人。一个关心他、能理解他的人。你难道还是什么都没想起来吗？”

修女的眼睛垂下视线。修长的双手彼此分开。普罗克托没有等来更多的回应，于是说了下去。

“他没有联系黛博拉，黛博拉刚好不在，去特拉维夫参加研讨会了。他没有联系他女儿，她在西南部一所女子中学念书。那么，他在绝望中会投向谁的怀抱呢？”普罗克托沉吟道，像是在和他自己家的某位成员交谈。“直到几天前，这还只是个普普通通的不解之谜。连爱德华本人都不知道他去了哪儿。他过

1　联合国难民事务高级专员办事处的缩写。

了四天才向总部报告，和其他人一样，他也只能想象他在波斯尼亚待的这几个月给他造成了多么巨大的压力，还有他跑到哪儿去转悠了几天。然而，现代科技自有其威力，我们想办法恢复了那段时间里的一些电话记录，结果它们讲述了截然不同的另一个故事。”

他停下，望着她，等待回应，但修女的眼睛拒绝他的窥探。

“电话记录告诉我们，他回来那天夜里，凌晨一点有人从盖特威克机场打了个对方付费的电话到你在海布里的公寓。当时你在你的公寓里吗？”

“有可能。”

“1995 年 3 月 18 日凌晨，你有没有接到一个对方付费的电话？”

“有可能。”

“这个电话打了很久。九英镑二十八便士。放在那会儿不算是一笔小钱了。那天夜里爱德华有没有来找你？阿尼娅，请你听我说。”

她在哭吗？他没有看见眼泪，但她不肯抬起头，同时紧紧地抓住桌沿，大拇指的指甲都发白了。

“阿尼娅。我必须问清楚，明白吗？我不是你的敌人。爱德华是个勇敢的好人。咱们都知道这一点。但他也是个复杂的人。假如他的某一面误入歧途了，我们也必须知道，要是有必要的话，还要帮助他。”

“他没有误入歧途！”

“我在问爱德华有没有在近二十年前的那天夜里去你的公寓。回答起来很简单，要么去了，要么没去。爱德华到底有没有去你的公寓？”

她抬起头，直视普罗克托，他见到的不是泪水，而是愤怒。

“皮尔森先生，我有个伴侣。”她说。

“这我知道。”

“他叫费利克斯。”

“这我也知道。”

“费利克斯也是个好人。”

“我接受你的说法。”

“是费利克斯为爱德瓦开的门。费利克斯付了他从盖特威克来的车费。费利克斯希望爱德瓦在我们家住下。但很抱歉，我们没有多余的卧室。爱德瓦在我们的沙发上睡了四天。费利克斯是音乐学家，他一心一意为他的学生好，因此不能辜负他们。幸好我在舞蹈学校有个助理，愿意待在我们家照顾爱德瓦。”

停顿片刻，等待怒火平息。

“爱德瓦情况不好。他不想看医生。我不想让他一个人待着。到了第四天，费利克斯给爱德瓦找了身衣服换上，带他去理发馆刮脸。星期一，他对我们说谢谢，就告辞了。”

“在那四天里，他奇迹般地康复了。”普罗克托不无讽刺地说。

他的皮里阳秋激怒了她。

“康复是什么意思？爱德瓦离开我们家的时候很平静。他笑呵呵的，感谢我们的招待。他很幽默，说话又变得拐弯抹角。他又是爱德瓦了。假如这算是康复，那么皮尔森先生，对，他康复了。”

“但同一天上午他回到总部的时候并没有恢复正常，明白吗？他不知道过去这四天他是在哪儿过夜的。他以为新衣服是救世军给他的。他甚至连这个都不确定。他以为他们还帮他刮了个脸。他根本不明白他的公共汽车票是从哪儿来的。所以他为什么要骗我们？你现在为什么要骗我们？”

“我不知道！”她对普罗克托吼道，“去死吧。我不是你们的间谍。”

普罗克托的世界随之歪斜，但立刻正了回来。他现在全都明白了。欺骗他的不是阿尼娅，而是爱伦。他猜阿尼娅甚至没考虑过要不要撒谎。就算阿尼娅在骗他，也只是有所隐瞒而已。谎言不在她的嘴里。不是为了好玩，而她的考古学情人躺在她身旁笑得难以自已——假如她在做的仅仅是偷情而已。

*

“爱德华那天晚上来找你们的时候，他像是变了个人吗？”普罗克托轻声问。

“也许吧。”

“是哪个方面不一样了？”

“我也说不准。他没什么特别不同的。他似乎非常投入。但爱德瓦一向是个很投入的人。”

“他投入的对象是谁，萨勒玛吗？”

“萨勒玛？”——无力地假装不认识。

“他非常仰慕的一个女人，她在波斯尼亚痛失亲人。一个被杀少年的母亲。一位被杀医生的妻子。”

她皱着眉头，假装在记忆中搜索，但表演并不令人信服。

“也许他和费利克斯谈过这个女人。也许他在男人面前更容易开口。他和费利克斯聊了许多个小时。”

“不，他和费利克斯聊的是如何拯救世界。我们知道，你也知道。从那以后，他们就成了忠实的笔友。但他肯定和你谈过萨勒玛。他的生命中发生了某些重大的改变。就像巴黎的那个晚上，他告诉你他不再相信共产主义了。你会理解他。只有你才能理解。”

“黛博拉呢？那是他的妻子，”她责问道，“难道她没法理解他吗？”

与普罗克托一样，她的愤怒也不持久。

“他希望能够为她而死，”她说，“他非常羞愧。他愿意跟随她去约旦。但她说：回家，回你妻子身边去，回你孩子身边去，当一个西方的好男人。她点燃了他的激情，他为她发狂。她不信宗教，很有智慧，她是完美的，是悲剧性的，她非常高贵。她的家族掌管着圣城耶路撒冷一扇古老大门的钥匙。好像是大马士革门。也可能是雅法。我记不清了。”

普罗克托是不是在她的声音中听出了一丝不耐烦——甚至嫉妒？

“她还是一个秘密，”他引开话题，“他为什么非要把她当作秘密，不让任何人知道呢？”

“因为黛博拉。”

“免得伤了她的感情？”

“她是他妻子。”

“但按照你的说法，萨勒玛只是他的痴迷对象。这并不是普遍意义上的情事，而是——什么呢？更宏大的某些事物？皈依？他不希望任何人知道的内心剧变？无论是他妻子还是他所属的情报局。他和费利克斯聊的是这些吗？”

阿尼娅换了个人。表情冷淡得像是城堡大门。

“费利克斯是人道主义者，他把自己奉献给了事业。皮尔森先生，你非常清楚这一点。他和很多人做过很多重要的交谈。我从不问他和别人究竟谈了什么。”

“好吧，我自己去问他好了。说起来，你知道我应该去哪儿找他吗？”

“费利克斯在加沙。”

“我们也是这么听说的。替我们向他问好。”

*

113 路公共汽车的上层，他用明文发短信给巴滕比副局长，在今晚的会议之前通报情况：

就算目标原本不知晓我方利益所在，现在我们也可假定其已经知晓。

皮尔森

-10-

黛博拉·埃文死了。她去世后才短短几个小时，朱利安就无声无息地拼凑起了事情的脉络。

傍晚六点，黛博拉的护士叫莉莉去母亲的病床旁。黛博拉把她手上的戒指送给莉莉，请她去叫爱德华，后者当时在他的书房里。

爱德华来了之后，黛博拉请莉莉和专职癌症护理护士让她和丈夫单独待一会儿。爱德华和黛博拉在卧室里关门密谈了十五分钟。然后爱德华离开了，似乎得到了不许回来的命令。

接下来轮到莉莉单独陪伴母亲，护士坐在走廊里能听见房间里动静的地方。按照莉莉的说法，母女俩的对话持续了十分钟，但她没有向朱利安披露交谈内容。然后护士回到房间里。她和莉莉一直照顾黛博拉到最后时刻。晚间九点，黛博拉进入了吗啡诱导的昏迷状态。午夜前后，医生确认她的生命已经终结。

黛博拉的遗嘱立刻生效。她的遗体被立刻送往停尸房，任何人——强调：任何人——不得瞻仰遗容。她特别声明她丈夫爱德华是不受欢迎之人，以免在这一条上产生疑问，为了防止误解，她提前把遗嘱的复本寄给了殡仪馆。

清晨六点，书店的门铃突然响起，朱利安由此得知了黛博拉的死讯。他匆匆穿上睡袍，跑下楼梯，发现莉莉站在店门口，她没有眼泪，紧咬牙关，一言不发。

回想起来着实令人吃惊，他最初担心的是萨姆出了什么意外。但转念一想，假如真是这样，她就不可能站在店门口瞪着他了，而是会陪在萨姆身旁。后来她说她在殡仪馆的车里送了母亲一程，但按照黛博拉的遗愿，只送到了停尸房的门口。

在某种礼仪观念的指导下（事后他无法自圆其说），朱利安没有请她去他的公寓坐坐，而是陪着她去了格列佛咖啡吧。

尽管莉莉和萨姆在黛博拉最后的这段日子里多次短暂造访书店，但一直没能来到格列佛咖啡吧那么遥远的地方。萨姆只看了一眼阴森森的楼梯，就爆发出了令人血液凝固的尖叫。

莉莉对咖啡吧的第一反应稍微好一点。

“真他妈会胡闹！”

“怎么了？”

“那些该死的墙画，是谁画的？”——得知是马修的一个朋友，她又说：“唉，她烂得没话说了。”

“其实是个男人。”

“男人就更差劲了，”她下结论道，坐上一张高脚凳，“你会操作那玩意儿吗？”——用粗短的手指指着咖啡机。

他会。

“我要大杯的卡布奇诺，再加一份巧克力。多少钱？”

然后她再也绷不住了，痛苦地大声啜泣，哭得撕心裂肺。朱利安想搂住她的肩膀安慰她，她甩开他的胳膊，哭得更起劲了。朱利安给她做了大杯的卡布奇诺，再加一份巧克力，但她置之不理。他给她倒了一杯水，她最后喝了起来。

“萨姆在哪儿？”他问。

“苏菲阿姨家。”

苏菲阿姨，莉莉以前的保姆，一位睿智的斯拉夫人，脸长得像战场。

“爱德华呢？”

她面对正前方说话，一个个短句从嘴里蹦出来。把它们拼起来，内容如下：

爱德华和黛博拉分房睡觉，他们无论做什么都是分开的。莉莉瞪着母亲的遗体看了一会儿，然后去走廊里喊爱德华。他没有从卧室出来，于是她过去砸门。“爸爸，爸爸，她死了。”他刚刮过脸。能闻到剃须泡的白檀香味。天晓得他是什么时候刮脸的。双方都没有流泪。爱德华拥抱她，她也拥抱父亲。然后她抓住他的肩膀摇晃他，命令他松手，但他就是不松手。

然后她用双手捧着父亲的脑袋，逼着他看她的眼睛，而他无论如何都不肯。她在父亲脸上看见的（或者认为她看见的）不是悲痛，而更像是决心：

“莉莉，我必须和你谈一谈，他说。那就谈呗。我的天啊，爸爸，你谈吧。然后他说：莉莉，咱们今晚谈吧。请你一定要回家吃晚饭——就好像我母亲刚去世，晚上我就会去该死的迪斯科舞厅似的。”

“现在呢？”朱利安问。

“现在他开车出门了，大概又是去到处乱走了。”

接下来的一个多小时，莉莉坐在格列佛咖啡吧的高脚凳上孤零零地哀悼母亲，她时而难以置信地望着咖啡机背后的水平长镜里的自己，时而皱着眉头打量墙画，朱利安每隔一段时间就来偷偷地看她一眼。最后一次他来看的时候，莉莉已经不见踪影，只有一杯加巧克力的卡布奇诺放在台子上，连一口都没喝过。

*

第二天上午她又来了，这次带上了萨姆。

“爱德华怎么样？”朱利安问她。

“挺好。怎么了？”

“我说的是昨天晚上。你和他约了一起吃晚饭，他想和你谈谈。”

她开始装傻。

“是吗？哦，好像是的。”

“没什么不愉快的吧？没什么戏剧性的转折吧？”

“戏剧性的转折？为什么会有这种东西？”——有点吃惊，和她父亲一样，在问题面前调转问题的矛头。

顺便还高高挂起了“禁止入内”的牌子。

“所以除此之外，爱德华都干了什么？”他愉快地问，没有完全改变话题，但换了个方向。

“除此之外？”

“对。”

她耸耸肩。“活在他自己的小世界里。在老妈的禁区外晃悠。拿起东西又放下。”

“禁区？”

“她的巢穴。防火防爆防盗防家人。屋子背后的半地下室。完全为她一个人打造的”——还是那个不情愿的语气。

“谁为她打造的？”

“当然是该死的秘密情报局了，你以为还会是谁？”

*

他以为还会是谁？

好吧，一段时间以来，他已经形成了一个模糊的概念，只是没有这么不加掩饰地直呼其名而已。不过，她是在不经意间放松了警惕，还是仅仅在用一记耳光教训他的好奇刺探？

他不打算追问下去。她毕竟是她父亲的女儿。守口如瓶（不说保密意识的话）是爱德华天性的一部分，也是她天性的一部分。朱利安是独生子，在没有姐妹陪伴的情况下长大成人，因此他对父女关系始终怀着某种混杂了怀疑和敬畏的奇特情绪。

莉莉不但拒绝透露父亲约她谈话的详细情况，对她在母亲临终时的交流内容同样讳莫如深。但朱利安无法摆脱他内心的印象：两次交谈在某种意义上都是官方机密。莉莉随口说到她那天上午没法来书店是因为她必须待在银景庄，看着“一伙穿棕色工作服的家伙用推车运走我老妈的入墙保险箱、电脑和其他玩意儿”。

“我的天，那是什么人？”朱利安不需要假装震惊。

“当然是我老妈的人了。没掉队吧，朱利安？她工作单位的人。”

“她那个半官方机构？”

“哈，对，说得好。半官方机构。《半官方机构来的人》[1]。我的下一本书就叫这个。”

*

直到葬礼的安排逐渐明确，莉莉最后的伪装（假如可以这么说的话）这才终于崩溃。事情发生在格列佛咖啡吧，尽管墙画还是一样糟糕，但莉莉已经把这儿当成了指挥部。这天是黛博拉去世后的第四天。自从有一天朱利安让萨姆骑在他脖子

1　戏仿的是勒卡雷代表作《柏林谍影》（*The Spy Who Came in from the Cold*）。

上，随着《约克老公爵高高在上》的拍子，踏着步点把萨姆扛到楼上，萨姆对阴森楼梯的恐惧就消散了。萨姆和马修从一开始就一见如故。黛博拉以前的护工米尔顿偶尔也会逛进店里，朝所有人挥挥手，然后懒洋洋地坐在地上，萨姆和米尔顿会一起玩动物拼图，两人之间几乎一个字都不需要说。

但今天吃午饭的时候，店里只有朱利安、莉莉和萨姆。萨姆把所有的童书从架子上取下来，摊得满地都是。朱利安去拿了三明治回来，莉莉正在手机上打电话。

“好的，明白了。好的，阁下……没问题……嗯，随便怎样都好……”她刚挂上电话——甚至还没挂断的时候——就骂了一句：“去她的吧。”

“去谁的？谁打的电话？”朱利安轻快地问。

“全都定好了。要邀请阁下。我们什么都他妈不用做了。下周的明天，正午十二点，结束后在皇家港湾举行追思仪式。老妈希望选个星期六，方便她在情报局的老伙伴参加，所以就星期六呗。”然后她突然想到了什么：“哦，对了，险些忘记，老爸要你当他的伴郎。”

“他的什么？”

“抬棺人。还是叫什么来着？我不熟悉这种事，可以吧？我老爸也不懂。所以一点也不轻松，明白吗？”

“我也没有这个意思。”

“那就好。”莉莉讥讽地说，这次听上去更像她母亲，而不是父亲。

“所以那位阁下是谁？”朱利安问，让他吃惊的是，尽管莉莉一肚子火气，却沉默了好一会儿。

“我们是间谍，明白吗？老妈是一个，老爸也是一个，我是他们的传话人。”怒火突然死灰复燃：“真他妈受够了”——气得她握紧拳头，砸在不锈钢台面上。“老妈一辈子都他妈活在一层又一层的伪装底下。他们甚至不许她在荣军纪念日戴上她该死的勋章，但她一咽气，他们就想用皇家游艇载着她去泰晤士河上遛一圈，船上还要有皇家卫队演奏《与主同在》。”

她像挤牙膏似的说出了剩下的事情。黛博拉去世后不到几个小时，阁下就接触了莉莉，首先通过手机，然后通过电子邮件。阁下专门负责组织情报局人员的葬礼，她希望暂时推迟黛博拉的葬礼，等她召集齐人马（她的原话）。莉莉特别讨厌阁下的说话方式，她将其比作撒切尔夫人的喉咙里卡了个土豆。

阁下已经完成了召集任务，刚才的电话就是在说这个。按照目前的统计，预计将有五十到六十位过去和现在的情报局人员及其家属出席。情报局愿意分担三分之二的葬礼费用，皇家港湾将每位宾客的招待费定为十九英镑，其中包括C菜单的餐食、红白葡萄酒和六名服务人员。一位高级别官员将发表不长于十二分钟的致辞。

“咱们这位高级别官员有名字吗？还是说我没资格问？”朱利安用开玩笑的语气问。

“哈利·奈特，”莉莉答道，然后模仿那位阁下的嗓音，“就是身披闪亮铠甲的那个奈特[1]，我亲爱的。”

那爱德华呢？爱德华对阁下的插手有什么看法？

“老爸完全置身事外。老妈想怎么安排，他反正都无所谓。所以不需要问他”——再次挂起“禁止入内”的牌子。

作为她内心悲痛的外在符号，她现在习惯于把《日瓦戈医生》的头巾向前拉，包住整张脸，你只有从正面看，才有可能认出她是谁。

*

日子令人不安地慢慢过去。每天下午，莉莉和萨姆会去操

1 奈特（Knight）也有骑士的意思。

场玩或沿着河边散步，若是书店生意清淡，朱利安就跟着他们一起去。有时候苏菲阿姨会不告而来，带着萨姆出去转转。按照莉莉的说法，苏菲“曾和老爸一起在国外搞过什么诡异的勾当”。朱利安知道他最好别打听细节。他已经学会了把埃文一族和他们的外戚视为一个整体，重要的不是他们共有的秘密，而是他们相互隐瞒的秘密：这个概念唤醒了他自己的童年记忆。

不过，尽管他过了一段时间才意识到，但莉莉正在不动声色地讨论她该如何逃出樊笼。

临近傍晚，雨后初晴。朱利安和莉莉手拉手在散步道上溜达。朱利安以为她在想黛博拉。萨姆和苏菲阿姨走在他们前面。

“知道我在布鲁姆斯伯里的小窝以前是什么吗？”

妓院？——开玩笑的口味。她嘘了一声。

“情报局的安全屋，你个白痴！但后来不再安全了，于是他们允许我老妈以低价买下来，当作员工福利。然后我老妈送给了我们。很好，但第一个月我们没法搬进去。为什么不行？来，你继续猜！”

湿气？老鼠？支票被退回来了？

“因为我们必须等清扫人员开绿灯说没问题了。”

朱利安立刻凑趣地掉进了陷阱，很可能是故意的。

“不是该死的清洁工，你个白痴！打扫屋子里的臭虫。用你们的话说，就是电子窃听装置。不是安装。安装是以前的事情。这次是拆除。我一直希望能找到一个他们漏掉的，这样我就可以对着它说脏话了。”

他最喜欢的是她的笑声，还有她搂着他的腰的感觉，还有她再次变得郁郁寡欢时手臂依然会留在他的腰上。

“本地有个传闻，说黛博拉和爱德华因为你祖父收藏的青花瓷而闹翻了。”朱利安有一次冒险这么抛出钓饵。

“我这是第一次听说，”她耸耸肩，“老妈说她看见那些破玩意儿就心烦，他们把瓷器存放起来是为了节省保险费。”

你老爸呢？算了，最好别问。

朱利安顺口说有人告诉他，爱德华退休后狂热地迷上了中国青花瓷。

“狂热？你把明代花瓶和胳膊肘放在一起，我老爸都分不清哪个是哪个。”她嘲讽道。

至于她父母之间的争吵，莉莉只知道（主要是听苏菲阿姨说的，她当时刚好在家里帮忙）他们在“老妈的巢穴里”比赛谁的嗓门大，而由于按需得知的保密原则，理论上爱德华不该进入那个房间。但莉莉对此表示怀疑，因为苏菲并不总是最可靠的情报来源。

“要是有人扯开嗓门嚷嚷，那肯定是我老妈。老爸这辈子都没嚷嚷过。苏菲认为老爸朝她动手了，但老爸也不可能做这种事。所以也许是老妈朝他动手了。也许什么都没发生过。”

“你进去过吗？”

“她的巢穴？进去过一次。你可以偷偷看一小眼，我亲爱的，但只能做到这一步了。要我说，太了不起了。有一个个装文件的托盘，有红色架子上的绿色电话，有工业级的电脑。你在做什么啊，妈妈？保护咱们的国家不受敌人伤害，亲爱的。我希望有朝一日你也能这么做。”

“爱德华呢？”朱利安问，“他保护咱们不受谁的伤害？”

等待她决定能向他透露多少情况。

“我老爸？”

“对，你老爸。”

“特别工作。他们带我出去吃饭的时候只对我说过这么多。我试过去问老妈。我上寄宿学校的时候，老爸在波斯尼亚干什么？援助工作，亲爱的。外加一点点这个，一点点那个。这个那个是他妈什么？我问。不许说脏话，亲爱的。”

“你没直接问过你老爸吗？”

“说起来，还真没有。”

*

完全可以理解的是，在把自己从秘密的牢笼中解救出来的过程中，莉莉将最令人不安的消息留到了最后。

“老妈叫我替她去伦敦送信，”在渔夫之家喝啤酒的时候，她突然说，“南奥德利街的一个安全屋。按三下门铃，然后找普罗克托。”

听到这儿，朱利安应该回答说他也去伦敦送过密信，但不是替她母亲，而是替她父亲。然而即便他曾经对爱德华庄严发誓的事实无法让他约束自己，他对莉莉的关心也会帮助他管住嘴巴。离黛博拉的葬礼只有三天了，现在恐怕不该对她说你父亲与一个无名的美丽女人长期保持某种关系。

“总之，我现在告诉你了，对吧？”她轻蔑地说，“你有没有替你母亲送过信？对，送过。信是写给普罗克托的吗？对，太他妈对了。你知道信里都写了什么吗？不，我他妈不知道，普罗克托也问过我同样的问题。后来他拥抱我，说没关系，我做了正确的选择，而他也一样。”

“他指的是谁，普罗克托吗？”

“我的天，当然是我老爸了！像教皇似的祝福我。站在会客室从来不点火的壁炉前，说放心地过你的日子吧，我亲爱的，你母亲是个好女人，我做了我必须做的，我唯一感到遗憾的就是她和我并不生活在同一个宇宙里。”

“他做了什么他必须做的？”

但她的心门再次把他关在了外面。

“他们只是各有各的秘密。”她回答得非常简单。

*

亲爱的朱利安：

在目前如此令人难过的情况下，我未能及早回应你亲切的慰问，相信你一定能够多多见谅。对于爱她的每一个人来说，黛博拉的离去都造成了巨大的损失。你愿意帮莉莉分担安排葬礼的重任，为此也请允许我表达一下我的谢意，若是在更理想的情况下，这个任务原本应该落在我的肩膀上才对。不知你在百忙之中能不能抽出一两个小时，明天下午出来散步透透气？天气应该会很好。我建议咱们三点见面，随信附上地图。

爱德华

“奥福德？”朱利安随口提起他要去的地方，马修惊愕地重复道，“好吧，也许你就是喜欢战区呢。”

第二天阳光灿烂，是个只有春末才会碰到的好天气。预报说要下雨，但湛蓝的天空中见不到任何兆头。朱利安的旧路虎（不如他放弃的保时捷那么有驾驶乐趣，但更适合运送书籍）底盘很高，因此他能越过树篱看见初生羊羔蹒跚着迈出生命中的最初几步。他开了二十多英里，车窗外只有整洁的乡村胜景，几乎没有房屋或人类来侵扰这田园风光。黄水仙和果树的花朵让朱利安回忆起了他父亲堕落前他们所住的乡村教区住宅。

想到很快就要见到爱德华了，他不禁松了一口气。过去的几天里，这位昔日的波斯尼亚援助工作者、秘密情缘的主角、间谍和似乎毫无悲伤之意的鳏夫仿佛变成了幽灵，在银景庄照明欠佳的走廊里游荡，活像哈姆雷特的父亲，他几乎不和女儿说话，屡次不告而别，天晓得去哪儿散步了。

一座三塔楼的古老城堡右侧冒了出来。卫星导航系统指引他穿过镇上装饰得五颜六色的广场，驶下一条岔道，驶向一个内陆码头。高大的树木遮蔽阳光，巨大而空旷的停车场显得暗沉沉的。他停车的时候，一个新版本的爱德华从树荫下走出来：户外爱好者爱德华，穿戴着防水的绿色夹克衫、破旧的帽子和野地健走的皮靴。

“爱德华，我感到非常遗憾。”朱利安说，和他握手。

“谢谢你的好心，朱利安，”爱德华用心不在焉的语气答道，“黛博拉对你评价很高。”

他们出发了。朱利安不需要马修的警告。他曾经披荆斩棘穿过《土星之环》。他知道该如何面对偏远山村的可怕孤独，知道连渔夫来了这儿也会觉得不堪忍受。他们顺着步道走，经过几个垃圾箱，爬上一道岌岌可危的木楼梯，蹚过淤泥和船上的废物，最终踏上遍地垃圾的码头区。

爱德华向左拐。堤岸逼着两人只能一前一后走。风从海面上吹来了豆大的水珠。爱德华走着走着突然转过身。

“说起来，朱利安，我们这儿以鸟类丰富而著名，”他带着地主的那种自豪态度说，“这儿有凤头麦鸡、杓鹬、大麻鳽、草鹨、反嘴鹬，更不用说各种鸭了，”他朗声道，活像侍者领班在背诵今日特餐，“你仔细看。能听见杓鹬在呼唤伴侣吗？顺着我的胳膊看。”

朱利安尽量假装他在看，但接下来的几分钟，他能见到的只有地平线，那就像我们这个文明在未来大灾变中毁灭后留下的残骸。此处满目疮痍：废弃天线的森林从远处的浓雾中探出头来，废弃的机库、兵营、生活设施和指挥所，用于原子弹应力试验的象腿宝塔，屋顶是弧形的，没有墙壁，以防发生最糟糕的情况。他脚边有个警告牌，叫他只走带标记的路线，否则就有可能踩到尚未爆炸的弹药。

“朱利安，这个地狱般的地方感动了你吗？”爱德华注意到了他的分心，“我也是。”

“所以你才带我来这儿？”

“对，是的，”他难得正面回答了一次问题，然后他前所未有地抓住朱利安的胳膊，“认真听我说。你在听吗？现在告诉我，除了鸟叫，你还听见了什么？”朱利安说除了鸟叫和风声，他什么都没听见，爱德华又说：“从英国的辉煌过往传来的隆隆枪炮声呢？没有吗？没听见吗？”

“你听见了什么？”朱利安尴尬地问，用笑声冲抵爱德华严肃的目光。

“我？”——和平时一样，因为被问而吃惊，“当然是我们辉煌未来的枪炮声了。还能是什么呢？”

是啊，还能是什么呢？朱利安陷入迷惑。他们来到一个沙洲的尽头，爱德华再次抓住他的胳膊，领着他走向一张用浮木做的长凳，拉着他肩并肩坐下，朱利安不禁更加困惑了。

“我忽然想到，接下来的一段时间，咱们恐怕没有机会单独交谈了。”他突然开口。

“为什么呢？”

“葬礼过后，很多事情都会改变。会产生新的义务和责任。不得不改变生活方式。我不可能无限期地寄生在你店里当食客。”

“寄生？”

“可怜的黛博拉离开了我们，我再也找不到借口了。”

“你不需要任何借口的，爱德华。书店的大门任何时候都向你敞开。咱们正在携手创造一个伟大的图书馆，你忘记了吗？”

“我当然记得，你是世上最慷慨的主人，如此践踏你的好客让我倍感羞愧，但非常不幸，那是不得已的。”不得已？“咱们的理想国已经打好了根基。现在只需要你早已经过验证的管理技能，就可以让它开花结果了。我将变成一个多余的人。我的朋友对你评价很高。”

“玛丽？”

“她不担心你会出卖我。她乐于把她的回信托付给你。她认为你是一个正直的男人。她是个对现实世界有着丰富经验的女人。”

“她一切都好吧？”

“谢谢问候，我愿意高兴地说，她很安全。”

“唔，那是玛丽的好运气。”

“正是如此。”

交谈戛然而止：朱利安是因为找不到该说的话，爱德华是因为他在整理思绪。

“我注意到你对我的女儿很有好感。她偶尔会表现得不太稳定，不会因此遮蔽你的视线吧？”

“应该会吗？”

“允许我大胆地说一句，莉莉天生缺乏掩饰情绪的能力。”

“也许她有太多其他的东西需要掩饰。”朱利安也大胆地回答道。

“那么，萨姆不是一个累赘吗？”

“萨姆？他是宝贵的资产。”

“有朝一日他会统治世界的。”

“希望如此。你不是想叫我娶她吧？”

“哎呀，我亲爱的朋友，才不是这么要命的事情呢”——爱德华的脸上短暂地绽放笑容，“我只是想确定莉莉的感情没有放错地方。你已经让我安心了。”

“你要去什么地方吗，爱德华？说这些是干什么？”

在爱德华脸上掠过的是一丝警觉吗？再看第二眼，朱利安相信他刚刚看错了，因为爱德华的表情只反映了某种突如其来的悲伤：

“我已经是过去式了，朱利安。我无法造成任何伤害。我希望你知道，万一遇到某些情况，你可以放开来谈论我。有一些人，无论付出什么代价，我们都不能背叛他们。我不属于这个范畴。我对你没有任何要求。我爱过你的父亲。现在把你的手给我。好了。等咱们回到停车场，我只能正式地对你说一声珍重。”

首先是强有力的握手，然后是冲动之下的拥抱，但仅仅是单方面的，然后在他们看见我们之前迅速松开。

-11-

数周以来，朱利安第二次为黛博拉精心打扮，但对于该不该穿那身老城风格的黑色正装，他今天没有任何怀疑了。他能在剃须镜里看见那座中世纪的教堂傲然矗立于山顶上。圣乔治旗在塔尖的半长旗杆上飘扬。教堂脚下是古老的水手墓地，按照当地的传说，水手的灵魂可以从那里返回大海。

我这辈子都在坚守我们宗族的迷信传统，因此打算按照他们的仪式埋葬自己。

莉莉命令他十一点一刻到场列队。他在父母的葬礼上都没有当过抬棺人。他有可能绊倒或搞砸，这个既可笑又可怖的景象屡次出现在他和莉莉的交谈之中，也贯穿了他许多个夜晚的噩梦。

银景庄让她毛骨悚然。

爱德华非常爱她，以至于无法鼓起勇气去和她交谈。短短五分钟，然后他就出门了。

连萨姆都安静了下来。她把萨姆带进她的卧室，终于，好不容易，他打起了瞌睡。

爱你，朱尔斯。睡个好觉。

十分钟后，她回来了。或者她发短信给他。或者他打电话给她。

豪雨过后，黎明时分，天空放晴了。尽管穿着老城风格的皮鞋，但朱利安还是决定步行。爬上山坡的时候，教堂单调的钟声变得越来越响，召唤来的不只是镇民，还有阁下准确预估的五十到六十名情报局过去和现在的成员。教堂没钱修缮的停车场遍布泥坑。把车停进去就要冒把脚弄湿和鞋子沾上烂泥的风险。两个警察点头哈腰，告诉来客不要理会黄线。教堂的门廊上，吊唁者彼此问候和拥抱。两个穿正装的男人在分发葬礼安排书。一棵蓬勃的柏树下，三个年轻的丧葬工在偷偷抽烟。西莉亚一身黑衣，对他发起了突袭。她旁边是个矮小的男人，身穿驼毛外套，戴着橘红色的猪皮手套。

“你还没见过我家伯纳德呢，对吧，朱利安先生？”西莉亚用带刺的语气问他，同时用钢钉般的视线盯着他，“葬礼后咱们可以稍微聊一聊。行吗？”她到底想干什么？

在图书馆做义工的两个女人拉住他："是不是很糟糕？"

对，很糟糕，他附和道。

接下来是肉店的奥利和他的伴侣乔治。

"说起来，你们看见莉莉了吗？"他问。

"和牧师一起在圣器室里。"乔治立刻答道。

"所以你就是那个卖书的，"一个相貌粗犷的高大女人对他说，"我是莱斯莉，黛博拉的表妹。我也在找莉莉。这是我丈夫。"

认识你很高兴。

圣器室的门敞开着。法袍箱。墙上的草编十字架。伴随他童年的香熏气味。但没有牧师，也没有莉莉。他继续向前走，发现她站在一片茂盛的草丛之中，左右各有一段巨大的扶壁。她头戴黑色的钟形女帽，身穿长裙，活像一个维多利亚时代的迷途人。红色的花环和花朵在她脚边堆成了小山。

"我说过把花放在坟墓周围。"她说。

"然后他们就去医院了。你把你要什么告诉他们了吗？"

"没有。"

"我去说吧。你没抓紧时间睡一觉？"

"没有。抱住我。"

他过去抱住她。

“殡仪馆应该把吊唁卡做个清单，免得乱放找不到了。这个我也跟他们说过了。萨姆呢？”

“米尔顿带他去操场了。我不打算让他靠近这儿。”

“爱德华呢？”

“在教堂里。”

“干什么呢？”

“盯着该死的墙看。”

“你要我把你留在这儿，还是你想和大部队待在一起？”

“你背后。”

这是在提醒他。一个橄榄球手模样的高大男人摸到了他背后，露出一脸狰狞的笑容。

“你好。我是雷吉。黛比忠诚的同事。你是朱利安，对吧？书店老板？咱们要一起抬棺。很好。跟我来。”

另外四个雷吉在几码开外等待，另外还有殡仪馆的一个矮胖子，他胳膊底下夹着高顶礼帽。默默握手。你好。你好。殡仪馆的人想和他们说几句话，先生们，麻烦请不要打断我：

“各位，首先我要提醒你们一点。千万别拉把手，要是拉了，把手就只好跟着你们回家了。每个人出一个肩膀和一只手，我说走，咱们就走，一路上每一步我都会陪着你们，尽管不太可能，但总是要以防万一的。尤其要注意第三块石板，它会晃动。各位当心一点儿，可以吗？”

“家里人希望把献花明天上午送到医院，他们还想要一份吊唁卡的清单。”朱利安说。

“谢谢提醒，先生，这些都会按照合同做好的。还有其他问题吗？这样的话，我建议咱们去门廊等灵车吧。”

一位年长的女士蹿上来，拥抱朱利安。

“你发现了吗？整个 F7 都来了！”她激动地叫道，“有些人可从来不出席葬礼的。岂不是一个奇迹？”

“非常了不起。”朱利安赞同道。

缓步走上教堂中央的过道，留神第三块石板，一只手扶着灵柩，她六分之一的体重压在他右肩上，朱利安扫视出席的众人，他从莉莉开始，她坐在北过道左侧的最前排，紧挨着她父亲。至于爱德华，他只看见了笔挺正装包裹的肩膀和白发覆盖的后脑勺。

按照他的判断，阁下那五十到六十名宾客分为两群：情报局过去的成员坐在主过道前排的座位上，现在的成员坐在南过道靠后的座位上，他们在那里能看见其他人，但不会被其他人看见。是巧合吗？还是情报局领座员的巧妙安排？他猜测是后者。

猩红色的圣坛左右各有一尊果木雕刻的天使跪像。圣坛前方摆着安放灵柩的台子。殡仪馆人员轻声命令“放下”，装有黛博拉·埃文遗体的可生物降解棺材不偏不倚地落在台子上。朱利安俯身致意的时候，看见棺材盖上的红玫瑰簇拥着一枚绿色绶带的金色勋章。秃头的管风琴师在镜子里见到这一幕，适时奏响了哀婉的即兴曲。朱利安与其他抬棺人一起转身，他到莉莉身旁坐下。她戴着手套的手找到他的手，熟练地蜷起来让他握住。她低声说“耶稣啊”，闭上眼睛。她另一侧的座位上，爱德华两眼无神地望着前方，抬着下巴，耸起肩膀，像是在面对行刑队。

*

莉莉站在诵经台前，头戴钟形女帽，身穿黑色长裙，看上去是那么弱小无助，她按照母亲的遗愿，念了一首吉卜林的诗。她的嗓音难得一见地变得微弱，顶多只传到了最前面的两排座位。

管风琴音乐如暴风骤雨般奏响，五六十名情报局过去和现在的成员及其伴侣像是听见了发令枪的信号，整齐划一地一跃而起。镇民跟着他们起身。会众在雷鸣般的合唱中誓愿要夜以继日劳作，成为一名圣徒，声音震得筒形屋顶为之颤抖。音乐停歇，哈利·奈特站上讲台。

无论哈利姓什么，选他致辞真是再合适不过了。不管情报局代表着什么，他都是它忠诚的代言人。他说话直截了当、振奋人心。他散发着天生正直的轻快气息。你总是能看见他的双手，他讲得非常流畅，不需要笔记的帮助。

黛博拉罕有的个人魅力，她的智慧。

她母亲的不幸早逝。

她幸运地在父亲的荫庇下长大，她父亲是杰出的战士、学者、艺术品收藏家和慈善家。

她的爱国心。

她矢志不渝地将责任置于个人之上。

她对家庭的热爱，她忠诚的丈夫给予她的支持。

她无与伦比的语言天赋。她永远清醒的头脑。她罕有的分析才能。

她对为国效力的爱高于一切。她对情报局的爱。

镇民是不是都在问自己，这么多罕见的才能是怎么集中在一个女人身上的，而他们对这个女人的模糊认识仅限于她是某个委员会的成员？他们似乎并没有疑问。朱利安在他们专注的脸上没有见到困惑。哈利·奈特朗读某个神秘机构（亲爱的黛博拉为之不知疲倦地工作了许多年）的首脑亲笔撰写的悼词时，他们的反应也只是隐约的狂喜。

又一首赞美诗。

没完没了的祈祷。

朱利安的童年记忆又回来纠缠他了。

牧师戴着一排勋带。他是什么本地英杰，还是与哈利·奈特和阁下混同一个圈子的？今天募集到的善款将用于海外的传教活动。为了减少劳累过度的志愿者的工作量，麻烦各位哀悼者在离开前把赞美诗和圣诗集放回前排座位的下层架子上。接下来的葬礼仅限家人和受邀宾客参加，谢谢。其余受邀人员请前往山下两百码外的皇家港湾酒店。假如你有食物过敏的问题，烦请告知餐饮服务人员。酒店设有助残设施。管风琴的情绪进入了某种慵懒的绝望状态，朱利安和另外几位抬棺人重新围绕灵柩站好，在殡仪馆的矮胖男人带领下，扛着棺材缓步走向等候的灵车，然后别扭地挤进跟在后面的一辆车，沿着红土车道在施工标志之间绕来绕去。牧师和家里的五六个吊唁者在前面一辆车上。抬棺人下车。殡仪馆的几个年轻人把棺材推出来，抬棺人重新列队。莉莉和爱德华站在离墓穴边缘几码的地方。莉莉紧紧抓住爱德华的手臂，手指攥得发白。为了进一步提醒他记住她就在身旁，她把脑袋搁在了父亲的肩膀上。

他说老妈不希望他来送葬。我说，要是他不来，那我也不来了。朱尔斯，他们两个人到底为什么要互相折磨？今天凌晨，莉莉在手机里昏昏欲睡地如此慨叹。

殡仪馆的矮胖子下了一连串指令，六名抬棺人停步，踌躇，慢慢地从肩头卸下灵柩（最棘手的一个环节），换用手抬，小心翼翼地把棺材放在板条上，然后抓住网兜的边缘，等殡仪馆的年轻人拿开板条。就这样，黛博拉被送进了她的安息之处。

“多么美好的送别仪式啊，”雷吉说，和朱利安一起下山走向皇家港湾，“完全是她应得的。可怜的爱德华，他表现得还不错，你说呢？考虑到这样那样的事情？”

这样那样的事情究竟是什么事情呢？朱利安心想。

*

他们到得比较晚，只剩下家里人还没来了。

“咱们应该是认识的，可惜事与愿违。”哈利·奈特在和他握手时愉快地抱怨道。

朱利安报上名字，他立刻道：“天哪，我知道你是谁！爱德华的朋友，他们一家的朋友。很高兴你能来。”

“而我就是那位阁下，”一个凌乱得恰到好处的女人自我介绍道，她围着一条紫红色的披肩，“莉莉说你一直以来给了他们巨大的支持。”

一伙镇民聚集在会场的另一头。西莉亚从人群中走出来，身穿驼毛外套的伯纳德紧随其后。

“朱利安先生，你现在有时间吗？我想和你私下里谈几句，”她说，以非常不友善的方式擒住他的胳膊，“好了。来，告诉我，你刚才在和谁说话？”

“就现在？”

“少和我现不现在的。你刚刚在和谁说我的伟大收藏，还有我一直在拿的那笔非正式的小小外快？”

“西莉亚。老天在上，我为什么要和任何人说这些啊？”

“你那些有钱的老城朋友们呢？你说过你会留意有什么情况的。”

“咱们说好的是要是我听到了任何消息就会告诉你。但我没听到任何消息啊。另外，我也没和任何人说过。你满意了吗？”

“我送你一个免费的消息好了，女王陛下的增值税检查专员不满意。他们闯进我的商店，就像一伙暴徒。‘我们有理由相信，梅里杜夫人，多年以来你一直在某些未经申报的青花瓷交易中，通过佣金方式偷偷获取报酬。据此，我们前来查扣你的账本和电脑。’你说是谁报告他们的？反正不是泰迪。他不可能说出去的。”

伯纳德的老鼠脸从西莉亚的肩头冒了出来。

“我叫她立刻报警，明白吗，但她不肯，”他抱怨道，“不能找警察。她死也不肯，是不是这样？”

一阵不起眼的骚动，逝者的家人终于来了，莉莉依然挽着爱德华的手臂。朱利安正要走向她，精力充沛的雷吉却再次堵住了他。在此之前，雷吉一直在向无人搭理的宾客抛洒魅力。

“介意我占用你几分钟吗，朱利安？”

但他已经在这么做了。他们站在通往厨房的一个拐角里，送餐人员用托盘端着葡萄酒和小吃，在他们身旁匆匆来去。

“我的一位资深同事非常想和你聊几句，”雷吉说，“很抱歉，必须是现在。”

“聊什么呢？”

“国家安全。他查过你的底细，人们对你的评价很高。保罗·欧弗斯特兰德，记得这个名字吗？”

“我在老城的第一份工作就是他给我的。怎么了？”

“保罗向你问好。杰里·希曼，你以前的平级总监？”

“他怎么了？”

“说你是个混蛋，但你效忠的方向不会有问题。你的车停在卡特街路口。黑色宝马。挡风玻璃上有个红 K。记住了吗？卡特街。黑色宝马，红 K。我先走，你等五分钟，然后跟着我出去。要是有人问，你就说马修觉得他心脏病发作了，或者随便你编个理由。”

商人、间谍和本地士绅正在互相介绍。爱德华和莉莉站在门口，莉莉举着酒杯，不加选择地拥抱客人，爱德华站得笔直，一言不发，无论谁伸出手，他都握住摇一摇。情报局过去和现在的成员里，认识他的似乎寥寥无几。

“他们想和我谈谈，”朱利安把莉莉拉到一旁，“他们叫我编个傻乎乎的借口离开。我打算直接开溜。我找到机会就打电话给你。”

一个念头自己蹦了出来：

“我觉得别告诉你父亲为妙。”

他踏上街道，迎接他的是另外两名抬棺人，他们陪着他走完前往卡特街的五十码路。黑色宝马停在双黄线上。一名警察站在十码开外，存心不往这儿看。雷吉坐在驾驶座上。宝马背后停着一辆绿色福特。宝马启动，绿色福特跟了上来，两名抬棺人坐在前排。他们很快开进了乡野地带。

“所以他叫什么？”朱利安问。

“谁？”

“你那位同事。”

“就叫他史密斯好了。手机在身边吗？”

“怎么了？”

“介意让我拿着吗？”——伸出左手。“局里的规定，非常抱歉。结束了会还给你的。”

“我看我还是自己拿着吧——要是你不介意的话。”朱利安答道。

雷吉打灯左转，就近拐进一个停车场。绿色福特同样拐了进来。

“来，咱们重新演一遍。”雷吉说。

朱利安把手机递给他。他们离开大道，穿过一条又一条空荡荡的小巷。天空变得阴沉。偌大的雨点溅在挡风玻璃上。右前方有一条没铺好的土路，路边插着房产公司的牌子，已售出的标记覆盖了“出售”二字。宝马颠簸着驶过坑坑洼洼的路面，绿色福特跟在背后，两辆车开进一个荒弃的小村庄，放眼望去，尽是茅草屋顶所剩无几的畜棚和行将坍塌的工人小屋。村庄中心是一座残破的农舍，护墙板已经风化剥落。它周围半藏不藏地停着形形色色的各种车辆，既有几辆中级轿车和一辆观光巴士，也有几辆摩托车、脚踏车和婴儿车，其中朱利安觉得最显眼的是一辆破旧的厢式货车，要是他没看错，它曾经停在通往银景庄的小径上，里面坐着一对激情难耐的情侣。

这儿还有同样五花八门的人类，从中年夫妇到背包客，从穿制服的邮递员到带着孩子的母亲，他们有的走进或走出不同的小屋，有的在摆弄各自的轿车或摩托车。若是说有哪一点给朱利安留下了最深刻的印象，那就是他们全都非常不起眼，而且当雷吉押着他走向农舍时，他们没有一个人扭头看他。一个瘦长的男人小心翼翼地走下残破的台阶，他身穿乏味的灰色正装，用笑容表达他的尴尬，伸出一只手迎接朱利安。

“朱利安，你好。我叫斯图亚特·普罗克托。很抱歉，不得不把你劫到这儿来，但在相当紧急的国家大事面前，也只能这么做了。”

*

朱利安没有开口，但不是因为无话可说或怒不可遏，而是因为他意识到（虽然为时已晚）这几天——甚至几个星期——他一直在等待某种解决的到来。雷吉守在门口，他们走进室内。普罗克托用老式的银色手电筒照亮，领着他穿过暗沉沉的屋子，脚下是破碎的瓷砖，头顶上是光秃秃的托梁，他们穿过被砸烂的法式落地窗，来到杂草丛生的圆形院子里。院子正中央是个避暑小木屋，门开着。草丛里辟出了一条小径。小木屋的天花板上挂着一盏油灯。陶瓷台面的桌子上放着苏格兰威士忌、冰块、苏打水和两个酒杯。

"要是没什么大问题，顶多两个小时就好，"普罗克托说，倒了两杯酒，递给他一杯，"然后我们送你回镇上。我觉得你应该已经猜到了，今天谈话的主题是爱德华·埃文，保密等级是绝密，上不封顶。因此，首先，麻烦你在这儿签个字，事后也请永远埋在心里。"——递给他一份打印表格，同时从上衣口袋里掏出一支圆珠笔。

"要是我不签字呢？"朱利安问。

"天就塌了。我们会逮捕你，罪名是涉嫌向女王陛下的敌人提供帮助和便利，书店地下室的电脑将成为证据。你们相互勾结，共谋并蓄意犯罪。你们使用经典文学图书馆作为掩护。他们说不定还会逮捕倒霉的马修，把他当作同谋。你最好还是签字吧。我们需要你。”

朱利安拿起圆珠笔，耸耸肩，看也没看就在表格上签了字。

“你应该很惊讶的，但你似乎并不吃惊，”普罗克托收起圆珠笔，把表格叠好放进口袋，“你难道也有所怀疑吗？”

“怀疑什么？”

“你和爱德华有没有讨论过珍贵的中国瓷器？”

“没有。”

“银景庄曾经收藏了一批中国瓷器。”

“我也是这么听说的。”

“要是我说‘阿姆斯特丹花瓷’，你知道我在说什么吗？”

“完全不知道。”

“巴达维亚瓷器呢？”

“同样。”

“伊万里烧？肯迪壶？克拉克瓷？显然也不知道。要是知道你的电脑在被反复擦除前，曾经大量对外发出这些以及类似的术语，你会吃惊吗？”

"当然。"

"你的文学理想国和西莉亚的往昔年华，这两家店在珍贵的中国瓷器方面有着共同之处，对此你并不吃惊？"

"到了现在，我不会吃惊了。"朱利安没精打采地答道。

"换个稍微令人愉快的话题，要是我说你和我个人都很关心他的女儿莉莉，而我们都知道她是无辜的，你的心情会好一点吗？"

"说下去。"

"除了向爱德华·埃文提供场所、电脑和幌子之外，你有没有在更广泛的意义上帮他做过什么特别的事情，例如替他跑腿之类的，而回想起来或许让你有所怀疑？"

"我为什么会怀疑？"

"唔，为什么就是另一个问题了，对吧？某天你出去晨跑之后，我们搜查了你的住所。找到了这东西"——翻出他的随身手账的照片递给朱利安。"要是翻到今年 4 月 18 日，你会发现你记下了一辆伦敦出租车的车牌号码。想起来了？"

他想起来了。

"同一页还记录了一列火车的时刻。伊普斯威奇到 LS，上午七点四十五分[1]。我猜 LS 应该是利物浦街车站。那天你去了

1　此处火车时刻与前文 P97 处有出入。疑为作者笔误。

伦敦，对吧？”

“看来我肯定是去了。”

“不是‘看来’。我猜你是出于好心主动答应的。你记下车牌号码的那辆出租车——我们很快就会说到为什么的——刚好有底账。它从西区一位常客的住所接上一名女性乘客，先送她去贝尔西公园，等了她二十七分钟，然后送她回西区。告诉你吧，这一趟由格林街的阿拉伯联合酋长国领事馆付账。算上等待时间和小费，共计七十四英镑。她是谁？”

“我不知道。”

“你在哪儿和她见面的？”

“贝尔西公园的常人电影院。”

“出租车司机证实了这一点。然后去了哪儿？”

“隔壁的餐厅。一家啤酒餐馆。”

“同样证实了。我猜这次会面是出于爱德华的授意？”

点点头。

“那天你办了什么私事吗？”

“没有。”

“因此是在爱德华的授意下，专门替他跑了一趟，事出突然，你认为你是在好心帮忙。对吗？”

"他前一天来求我，第二天我就去了。"

"因为时间很紧？对他来说非常急？"

"对。"

"为什么？他告诉你了吗？"

"他说是急事。他认识她很多年了。她是他生命中不可或缺的人物。对他来说非常重要。他妻子快死了。我喜欢他这个人——现在也还是喜欢。"

"但没说她在他的生命中扮演了什么角色？或者曾经扮演过什么角色？"

"他为她疯狂。这是我的印象。"

"她叫什么？"

"没人告诉过我。为了方便起见，我们叫她玛丽。"

普罗克托似乎并不惊讶。

"那么，为什么这么急呢？"

"没人问，也没人说。"

"信的内容呢？目的？传递了什么信息？"

"同上。"

"你从头到尾难道就没想过要看一看吗？不，你没有。很好。"

好在哪儿？童子军的荣誉？从对方的表情来看，说不定就是这个意思。

“这个——就用你的称呼好了——玛丽当着你的面读了信。这是女招待说的，你给了她很大一笔小费。”

“玛丽读了，但我没有。”

“信很长吗？”

“女招待没说吗？”

“什么意思？”

“爱德华手写的六张纸。差不多这个数吧。”

“你跑出去买文具，拿回来放在她面前。还有透明胶。然后呢？”

“然后她写了一封信。”

“我猜你同样没读。上面写着爱德华的名字。”

“她没写。她把信放在信封里，然后把什么都没写的信封交给我，叫我转交给他。”

“那么，你为什么要记下她的车牌号码呢？”

“一时冲动。她深深地打动了我。从某个角度说，她不平常。我猜我是想多了解她一些吧。”

“把你的手账翻到前一页——事实上，是 4 月 17 日——你会发现你写了一条备忘录，我猜是在回伊普斯威奇的路上写的。翻到了吗？”

他看着那句话。

“你的备忘录写着：‘我一切都好，我很冷静，心平气和。’这是谁说的？”

“玛丽。”

“玛丽对你说的？”

“是的。”

“应该是在说她自己吧？”

“应该是。”

“她要你怎么处理这句话？”

“转告爱德华。她说会让他高兴起来。也确实如此，他非常开心。我对他说玛丽很美。他同样非常开心。她确实很美。”尽管思绪纷乱，但他还是补充了这么一句。

“这么美吗？”普罗克托问，从椅子底下摸出一本相册打开，从陶瓷台面上推给朱利安。

一个穿豹纹外套的长腿金发女人走出一辆豪华轿车。

“更美。”——把相册还给普罗克托。

“这个？”——再交给他。

几年前的玛丽，脖子上围着一条黑白格的阿拉伯头巾。玛丽在露天演讲台上，正在对一群阿拉伯人讲话。玛丽很高兴，举着拳头。人群在欢呼。许多国家的国旗。巴勒斯坦国旗最为显眼。

“他说她很安全。”朱利安说。

“他什么时候对你说的？”

“几天前。在奥福德散步的时候。他喜欢去那里。”

再次陷入寂静。

“你打算对莉莉怎么说？”普罗克托问。

“关于什么？”

“咱们刚才的谈话。你见到的东西。她父亲是什么人——曾经是什么人。”

“我签的字不是禁止了我的人身权利吗？我为什么要去告诉她？”

“但你肯定会说的。你打算对她说什么呢？”

朱利安也一直在问自己这同一个问题。

“要我说，爱德华恐怕已经告诉她了。”他说。

*

朱利安忘记了他给过莉莉一把书店的钥匙，而钥匙环上还有一把他住处的钥匙。他打开卧室的灯，见到她光着身子躺在他的床上，像溺水者那样向他伸出手臂，眼泪顺着面颊汩汩流淌，他花了几秒钟才接受她真的就在他面前，而不是他幻想出来的。

过了一会儿，她悄声对他说："我看现在咱们该向生者表达一点敬意了。"

-12-

“所以他们终于又把你拉回情报局的战车上了。”巴滕比说，一只眼睛看着普罗克托，另外一只看着普罗克托看不见的电脑屏幕。“破天荒第一回呐。”他用同样毫无感情的声音说。

“吓得我都要魂不附体了，”普罗克托坦白道，“十点零五分的 A12 公路，谢谢。不是我喜欢的场面。”

“孩子都还好吗？”巴滕比问——手上继续操作电脑。

“非常好，谢谢问候，昆汀。你的呢？”

“好，都令人满意”——继续按键盘。“对了，特丽莎在电梯里了。她一直在观察事态发展。”

“哦，好的。”普罗克托说。

什么事态的发展？特丽莎，情报局法务部可敬可畏的主任，向来不容忍任何反对意见，正在来顶楼的路上，全副武装准备战斗。

他们坐在巴滕比位于顶楼的办公室里，此刻只有他们两个人，巴滕比坐在空荡荡的办公桌里面，普罗克托坐在每次坐进去就会吱嘎作响的黑色皮革扶手椅里。墙上镶着高级主管级的毛面榆木墙板。在昏暗的光线下，黑色的节疤像极了弹孔。

昆汀·巴滕比正值盛年。自从普罗克托认识他以来，他就一直是这个年纪。金发向后梳，连一丝白发都没有。相貌像是低调的电影明星。高级正装，上衣从不脱掉。现在也没有脱。没人听见过他提高嗓门。拥有（也可能是被拥有）一个非常拿得出手的妻子，她知道情报局每一个重要人物的名字，但从不露面。在河对岸有一套单身公寓。以另一个名字和家人住在圣奥尔本斯街的一座宅子里。不关心政治，但据说有可能成为局长——只要他能打好手里的牌，而保守党能在下一次大选中获胜。在情报局内没有密友，因此也没有死敌。第一等的各种委员会人选。议会的监督人员从他手里讨饭吃。

关于他这个人，众所周知的情况就是这些，而普罗克托尽管和他当了二十五年的搭档，却也没有什么可以补充的。自从普罗克托认识他的那天起，巴滕比的突然崛起在他心中就是一个谜。他们年龄相同，年资相同，背景相同。他们参加相同的训练课程，在相同的行动中并肩作战，竞争相同的任务和职位，但天晓得为什么，巴滕比跑到了他的前面去，逐步拉开距离，总是轻而易举，直到近几年彻底把他甩开。因此到了今天，普罗克托在国内安全部门虚度光阴，很快就要从这个职位上退休了，而巴滕比带着他单调的嗓音和修剪整齐的双手，离金光闪闪的皇冠只有一步之遥。胆大包天的流言：因为普罗克托把时间花在了实际工作上。

“斯图亚特，麻烦你一下可以吗？”

普罗克托听话地过去开门。身材高挑、值得敬畏的特丽莎昂首阔步地走进房间，她身穿象征权力的黑色套装，拿着一个浅黄色的文件夹，文件夹封面印着一个显眼的绿色对角十字，这是情报局最有力的“非请勿入”符号。

“我猜就是咱们几个人了，对吧，昆汀？”她提醒道，没等他回答就坐进另一把扶手椅，然后撩起黑色长裙的裙摆，直到方便她跷起一条腿。

“对。”巴滕比说。

“好的，我他妈也希望这样。另外我也希望你别录音，或者使用其他什么手段。不反对吧？”

“绝对不。”

“清洁工也没有不小心落下什么东西吧？因为在这个鬼地

方，没人能说得准。”

“我查过了，”巴滕比说，“保证没有。斯图亚特，说说最新情况。你准备好了吗？”

“最好能给我点东西，斯图亚特，因为我告诉你，一群狼围在大门口，我必须在鸡叫前喂点东西给它们。你们家优雅的爱伦呢？还迷得你团团转吗？”

“她非常好，谢谢问候。”

“哈，我很高兴还有人活得很好”——伸出修长的手臂，把绿十字封面的文件夹拍在巴滕比的桌上。“因为咱们眼前是个无与伦比的五星级烂摊子。”

*

换个比现在更悠闲的情况，普罗克托会先从过去这几周内他所了解到的那个爱德华·埃文开始说起：一根筋，天真得可以称为一种缺陷，从生下来就情感受创，偶尔固执任性，浪漫化的激情过于充沛，但也是一位忠诚的首席特工，经历过各种考验，曾经为我们打过冷战，怀着最好的意图去波斯尼亚执行任务，直到一场噩梦般的遭遇把他引入歧途。然而无论从听众还是从时机的角度说，此刻都不适合恳求从轻发落。只有事实能够让他们理解这一切，于是他开始让事实发挥应有的效力。

“黛博拉的智库在第二次伊拉克战争的预热阶段编写过一些鲁莽而冒险的提案，我不知道你们有没有亲自读过，昆汀，你读过吗？”

“为什么问这个？”巴滕比问，普罗克托不禁疑惑。

“都是让人毛骨悚然的东西。基于我们最优质的情报，但受到政治观念的驱动，他们根据感觉制订计划，而不是根据现实的可行性。同时轰炸伊斯兰国家的首都，把加沙和黎巴嫩南部送给以色列，针对性地刺杀国家元首，国际雇佣兵组成的秘密军队，打着假旗号，以我们不喜欢的人的名义在中东地区制造混乱——”

特丽莎听够了。

“脑袋发热的疯子乱叫唤而已，谁会说不是呢？”她不耐烦地打断他，“重点在于，斯图亚特，正是有人在更上层的权力走廊里兜售这种危险胡话的时候，黛博拉·埃文忽然来找你，以半秘密的方式——天晓得这是什么意思——说她发现她亲爱的丈夫在她的工作室里嗅来嗅去，在她看来，是在搜寻能够吃进肚子里的东西，而你却对她嗤之以鼻，还在她的档案里不咸不淡地加了一笔，说她因为身体欠佳和过度劳累而疑神疑鬼，甚至觉得赤色分子就藏在她的床底下。等到公开质询的时候，这恐怕就需要好好解释一下了。”

普罗克托对此早有准备，他回答得很有底气。

“特丽莎，弗洛里安和黛博拉就此事的真实性吵过一架。但最终没有定论。正如我在报告里说过的，黛博拉筋疲力尽，而弗洛里安成天喝酒——”

“这个你可没写。”

“没有其他来源的证据能证明他在刺探妻子或其他人的秘密，作为国内安全部的主管，我不认为我应该去调停夫妇两人的争执。”

“你难道没有想到过，弗洛里安有可能在震慑行动的关键时刻把自己喝傻了吗？而到了今天，你回过头再想，难道不会认为他就是在那个时候变节的吗？”特丽莎质问道。

“不。”普罗克托说，用一个字坚定地回答了两个问题。

巴滕比用他恬淡的声音问，切尔滕纳姆的监测机构——对情报局来说，是一个永恒的怀疑对象——在这件事上怎么会失败得如此彻底。

“而且还持续了十年甚至更久的一段时间，”他责备道，“在我看来，无论怎么客观分析，假如真的走到那一步的话，从法律角度来说，他们都必须承担更大的责任，你觉得呢，特丽莎，是不是这样——完全撇开情报局内竞争的问题不谈，因为咱们都赞成过去的事就让它过去吧？”

“今天上午我和他们的大巫师谈过，他们已经退出了。这是咱们的案子，他们没有听过我们的简报，不了解背景情况，因此没有理由能闻到老鼠的气味。这是‘什么是橙子’的古老问题。对恐怖分子来说，一吨橙子指的有可能是一吨手榴弹，但对蔬果店老板来说，它就是一吨橙子。中国青花瓷也一样。那是交易商之间的交流，是光明正大的商业往来。还有什么在监听某个商人的种族和政治倾向，这些并不是切尔滕纳姆关心的事情，至少直到上周都还不是。而这还只是第一个理由，”她无视巴滕比举起的一只手，继续说了下去，“因为切尔滕纳姆能给你两个理由的时候绝对不会只给一个。第二点是对方使用的暗号和其他同样原始的混淆手段远远低于他们的雷达，一个九岁的孩子只需要看一眼就能破解。那就多给我们几个九岁的孩子吧。你的员工反正有一半还不到这个年纪。谈话结束。”

“斯图亚特，有没有人向切尔滕纳姆透露过我们这次质询背后的原因，你觉得呢？”巴滕比的声音仿佛远隔千里，“在向他们通报情况的时候，我们有没有以任何方式暗示过有可能是情报局内部出了安全问题，你觉得呢？他们有没有可能收到任何风声，你认为呢？”

“绝对不可能，”普罗克托坚定地答道，“我们在通报时只说要监控整个镇子，以‘青花瓷’作为关键字，除此之外什么都没了。所以他们才会抱怨。我们还请他们关注商人和私人住宅的疑似反常通话。弗洛里安喜欢使用其他人的电话。当然了，他用过电话后总是会付钱，绝对不会留下不愉快的种子。岸边有一家低等小餐馆。店老板是个波兰人。一个月内打了十八通电话到加沙，总通话时间长达九十四分钟。”

“打给谁？”巴滕比问，轻触他的电脑。

“主要打给一个和平活动家，他名叫费利克斯·班克斯蒂德，是弗洛里安前伴侣阿尼娅的习惯法丈夫，”普罗克托答道，愉快地接下了这个问题，因为回答它能冲淡弗洛里安更大的过错。“弗洛里安和班克斯蒂德在波斯尼亚事件过后结下了友谊。班克斯蒂德是《费里希塔》的编辑，那是一份只向订阅者发送的中东时事通讯。弗洛里安多年来以各种假名向他投稿。表面上看都是论证性的东西。班克斯蒂德担任他的编辑，也是保险开关。”

特丽莎并不信服。

"法庭对此只会捧腹大笑的：你每年付五十英镑订阅费，就能读到英国间谍大师的最新见解。提醒你一句，我打赌他把最好的情报留给了萨勒玛。她可以先挑选一遍，斯图亚特，对不对？"

"总体而言，斯图亚特，她具体会怎么使用那些情报呢？"巴滕比提点道。

"要我猜，她会在她认为合适的时候把情报散播出去，"普罗克托进入防守模式，"究竟传给谁和如何传递，我们目前还不知道。无论在我们看来错得多么离谱，但显然是为了推行她的和平理念。"然后，重振士气："我是说，昆汀，重点在于，在你严格的命令之下，我们根本没有研究过损害的问题。你认为等我们把外交部的分析员放出来，无论我们编造一个什么样的故事诓骗他们，猫都迟早会从袋子里蹿出来。至于现在，据我们所知，还没有。"

"但凭天意了。"特丽莎喃喃祈祷。

"你正是希望这么下去，对吧，昆汀？"

"弗洛里安匿名向《费里希塔》及其姐妹刊物投去的诸多稿件，"巴滕比选择充耳不闻，"其整体主旨究竟是什么呢？斯图亚特，你能举例谈一谈吗？"用的是他最猜测性、绝不负责的语气。

“没什么超乎想象的，副局长。美国下定决心要不惜一切代价管控中东，美国习惯于在需要面对它发动的上一场战争的后果时就发动一场新的战争。北约这个冷战遗产造成的伤害多于它做的好事。而英国这个既没有利齿也没有头脑的可怜虫总是跟着他们跑，因为它还在做伟大帝国的美梦，不知道除此之外还能梦想什么。”普罗克托说完，短暂的冷场之后，特丽莎打破了沉默，她似乎觉得有必要用刻薄话来转移注意力。

“斯图亚特有没有说过那个混球居然有胆子在他的破烂文章里编派咱们情报局？”她质问巴滕比。

“就我所知道的，没有。”巴滕比厌倦地说。

“按照弗洛里安的说法——他署名约翰·史密斯还是别的什么——伊拉克这整个烂摊子都是勇敢的英国情报局的脑力劳动成果。为什么？因为它有史以来最著名的两位间谍，阿拉伯的劳伦斯和格特鲁德·贝尔，在一个下午用一把尺子和一根铅笔划定了它的国境线。他居然还提醒读者记住，正是这个情报局用它强大的说服力把为权力而发狂的中情局拉下水，颠覆了伊朗历史上最优秀的领导人，从而导致了那场最可憎的所谓革命。”

这番话按理说应该能够纾解情绪，然而在普罗克托看来，它对巴滕比的影响却刚好相反。巴滕比像是陷入了沉思：简而言之，他清澈的蓝眼睛转向涂黑的窗户，在那里寻找灵感，一只保养良好的手轻轻拨弄下嘴唇。

“他应该来找我们的，”巴滕比说，“我们会听他倾述的。我们应该成为他的靠山。”

“弗洛里安应该来找我们？”特丽莎难以置信地反问，“请我们改变美国的对外政策？然后呢？”

“这是个历史遗留的案子。以后不会再发生了，也无法证明造成了任何损害，”巴滕比继续凝视窗户，“你对他们说过了吗？”

“说过了，反复强调。他们买不买账就是另一码事了。”特丽莎说。

普罗克托决定低调行事。弗洛里安泄露了情报局的计划和它碌碌无为的现状吗？还有它的情报来源，以及它的某个部分已经抛开了客观建言的长期传统，转而在殖民主义狂想的蛮荒森林里搞一场轻率的晚年狂欢？

巴滕比在寻找理由，想要把这整件事打入冷宫：“再说我们可以否认他的存在。他不是纯粹的英国人。我们可以做这方面做文章。他从来不是情报局的正式成员，顶多只能算个偶尔帮忙的雇工。所谓害群之马。”

特丽莎并不满意：

“昆汀。我的老天。你有没有读过《泰晤士报》星期四刊登的黛博拉的讣告？我引用一下：‘过去四分之一世纪以来，黛比——对她钦佩得五体投地的同事都这么称呼她——一直是全英国最才华横溢的情报官员之一。希望有朝一日，我们能够完整讲述她为国民福祉奉献力量的生平故事。’弗洛里安是她丈夫，对吧？假如我们在他妻子葬礼后还不到二十四小时就把他抓起来，你难道觉得媒体真的不会注意到吗？”

巴滕比是这个意思吗？普罗克托心想。他做出了任何建议吗？这一切发生的时候，他到底在干什么？他干了什么吗？还是说他只是坐在裁判席上，等着看哪一边能占据上风？

“所以为了情报局的总体利益，”巴滕比继续对窗户说，就好像说到“总体”就能安然置身事外，“我们现在考虑的是损害控制措施。”

他没有提高嗓门，但声音不再毫无感情，然而在普罗克托耳中，这更像是委员会的发言人正在彩排。随着他继续说下去，重点逐渐显露无遗。

“我们必须以非常强硬的态度对待他。我们今天见到的是一份明确无误、毫无疑义的供认状，涵盖了他叛国行径的所有方面。接下来的数周——要是有必要，几个月也行——请在最小限度内通知有关各方。仅限部长级人员阅读。从他第一天交给她的情报开始，每一条都要交代清楚。包括她如何处理情报，为了什么目的，他是否知情。没有这些，就没有做交易的余地。我们的态度将是”——他丝毫不愿使用这种词语——“绝对的、严厉的和不可谈判的。”

“他们也一样，”特丽莎气呼呼地插嘴道，“白厅活像捅了马蜂窝，你不可能不知道。他们可不愿意上午不得不撒个弥天大谎，但到下午就被逮住裤子脱到脚脖子上。咱们——我指的是情报局——能保证他们明天不会拿起《卫报》就看见《弗洛里安大冒险：第一部分》吗？咱们抄起案卷去砸弗洛里安，肯定能打倒他吗？因为从目前的表现来看，假如你去问他们要个法律上的意见，他们会说恐怕不太可能。假如你问我，我顶多只能做到这一步了”——她打开浅黄色的文件夹，抽出一份看上去非常正式的文件，上面挂着一小段绿丝带——“这是我三个小时前用鲜血从他们手里敲诈出来的，里面连一个逗号都没有修改的余地。要是弗洛里安不肯签字，那所有的赌注就都算是白费了。”

*

一个小时以后。普罗克托以为他要操心的事情已经够多了，但还有更多的噩耗在大门口等着他呢。他从安保处取回手机，一打开就是爱伦两小时前发给他的短信。她正在去希思罗机场的路上。看起来，挖掘行动并不像她声称的那样惊天动地。

-13-

当天上午九点，普罗克托开着情报局的福特轿车离开伦敦，正是交通最繁忙的时候，他开得一如既往地谨慎。他身穿一套比平时好一些的正装，上衣内袋里有一份仿羊皮纸的文件，文件很薄，折成长长一条，他坚信它能帮助爱德华逃脱等待着他的正义裁决。在他（也只有他）眼中，他觉得这是爱德华的免罪卡。现在一切的重点就是把文件交给爱德华，让他读完，考虑清楚，然后签字。

一小时前，他还在海豚广场的时候，打过一个电话给银景庄，却没人接听。然后他立刻打电话给比利——情报局国内监视科久经考验且备受信任的科长。自从收到黛博拉的来信之后，他们就一直在饱和式地监视弗洛里安。出于安全原因，比利明智地向他的队员把这次行动描述为实地训练，他们的猎物曾经是情报局指挥层的一名人员，他将根据他们的表现给每个人打分。

比利说，不，弗洛里安没有离开过家门，很可能不肯接电话。

“实话实说，斯图亚特，我认为他睡死过去了。换了我肯定会睡死过去。我们看见昨天葬礼后他回到家。莉莉陪着他直到十一点十分。我们看见她去她情人的书店了。弗洛里安在家里踱来踱去，我们看见了他的影子。凌晨三点，他关掉了卧室的灯。”

“你那帮手下怎么样，比利？不会用力过猛吧？”

“我说过了，斯图亚特，我从没有像今天这样为他们感到自豪。”

普罗克托考虑要不要让比利或某个监控人员去叫醒爱德华，最后他决定不这么做。八点半，他在车里打电话给书店，接电话的是朱利安，他回答得很有礼貌。请问莉莉在你那儿吗？

莉莉不在。她开车去索普尼斯的苏菲阿姨家接萨姆了，然后还要送苏菲去银景庄。有什么事情是他能帮上忙的吗？

这个消息让普罗克托暗自松了一口气，自从在安全屋和莉莉见面以来，负罪感就一直纠缠着他。

现在他有了个主意。在他看来，爱德华应该尽早看到这份文件，等爱德华在文件上签了字，就等于把自己的这条命送了出去。唔，说起来，还真有一件事想请朱利安帮个忙：他手边有打印机吗？

“接在哪儿呢？”朱利安问，语气没那么有礼貌了。

“当然是你的电脑了，否则还能是哪儿？”

“电脑被你们偷走了，没忘记吧？”

“好吧，店里有传真机吗？”普罗克托继续道，恨不得因为愚蠢踢他自己一脚。

“我们有传真机，斯图亚特。在储藏室里，对，我们是有传真机的。”

“由谁管理？”

“我会用，你是想问这个吧？”

“是的。你能先支开马修，然后守在传真机旁边吗？”

“没问题。”

“还有莉莉？”——在蓄意的沉默中——“朱利安，我不希望她担心这事情。她的烦恼已经够多了。我必须把一份紧急文件送给她父亲。只能供他阅读。他必须在上面签字。就目前的情况来说，已经算是最积极和有建设性的结果了，但需要花点心思处理。能听懂我的意思吗？”

“一定程度上吧。”

“我想通过传真把文件发给你。我希望你把传真件装在信封里，直接拿给爱德华，告诉他斯图亚特·普罗克托说：‘仔细读，我正在来的路上。你想在何时何地和我见面，以便解决这件事？’然后你打这个号码找我，只需要说一句话：时间和地点。”

他吃惊地发现他对朱利安说话的语气就好像朱利安是个情报局的新人，但正如他已经认定的，这小子天生就是做情报工作的材料。

“发电子邮件给银景庄有什么问题吗？”朱利安挑刺道。

“问题在于，朱利安，正如你应该猜到的，从原则上说，爱德华没有属于他的私人电脑。”

“而我猜你也偷走了黛博拉的电脑。”

“是收回。那从来都不是她的个人财产。另外，爱德华不接电话，你应该也猜到了。所以现在责任落在你肩上了。你的传真号码是多少？”

朱利安表现出了他的勇气，普罗克托也并没有感到意外。

“你真的以为我不会看你发过来的东西吗？”

“我猜你一定会看的，朱利安，而我也不怎么介意，”他愉快地答道，“只要别到处去宣扬就行，否则你会在监狱里待上很久的。你已经在文件上签过字了。传真号码是多少？”

接下来，普罗克托打电话给安东尼娅，为了保险起见，请她确认朱利安给他的传真号码属于劳恩斯利精品书店。假如一切无误，她就立刻把爱德华的免罪卡用传真发到这个号码上。

安东尼娅不同意。她需要有人签字。

“那就去找特丽莎签吧，”他怒道，“但现在就给我发传真。”

需要解决的事情是那么重要，而这些交涉又是那么琐碎，就连普罗克托也被两者的反差搞得发懵，不过他做情报工作已经足够久了，知道大事往往会在最小的舞台上初现端倪。

十点二十五分，他开上A12公路，这时朱利安打来电话，告诉他爱德华的回应。

普罗克托必须一个人来。银景庄缺乏隐私，他们不能在那里会面。爱德华建议去奥福德。假如天气好，下午三点，爱德华在码头等他。假如不好，那就在二十码外的船难咖啡馆碰头。

“他的反应怎么样？”普罗克托急切地问。

“考虑到种种因素，还不错。”

“考虑到种种因素是什么意思？你没见到他？”

“来开门的是苏菲。爱德华在楼上泡澡。她说他这一夜过得很不安稳。我把信给她，她拿上楼，最后下来告诉我他的回应。”

“最后是什么意思？你等了多久？”

“十分钟。时间够他来来回回看个好几遍了。”

“你花了多久看完？”——开玩笑。

“我没看，真好笑。”

普罗克托相信他。他当然更希望朱利安能亲手把信交给爱德华，但苏菲毕竟曾经是爱德华忠心耿耿的下级情报员，他不太可能找到比她更可靠的中间人了。另外，在情况如此棘手的关键时刻，他觉得苏菲出现在银景庄也是好事。几乎可以肯定爱德华受到了巨大的心理压力，她在场能够帮助他稳定下来。

他开到应急车道停下，把奥福德的邮政编码输入卫星导航系统，他研究了一会儿地图，然后打电话给总部，向巴滕比报告他们的安排。巴滕比不在办公桌前。普罗克托请他的助理带个口信。接下来的任务是向比利告知现在的安排。比利的小组继续监视银景庄，直到爱德华出门，然后留一个暗桩，原地等待爱德华回家。其余人员分别布置在去奥福德的路上、镇广场和岔路出口。

“但我需要空间，比利，明白吗？他要做的是生死攸关的抉择。你们别在码头附近转悠，站在冰激凌摊前不动地方，他熟悉类似的所有伎俩。我希望他知道我们确实尊重他的隐私。”

换句话说，他希望爱德华能表现得像是他自己。现在快中午了。天气没有要变坏的迹象。再过三个小时，爱德华会在码头等他。他越是思考即将到来的会面，对未来就越是乐观。从情报行动的角度说，爱德华是他的猎物。他追捕爱德华，逼得他走投无路，现在他即将得到他的完整供述：损害，或许存在的下级，接头手法，情报局内已知或疑似的同情者——不过他认为只是理论上有可能存在，因为爱德华仅仅是一匹独狼。另外，真正的头号目标是爱德华所了解的萨勒玛的最终使用者网络、向她汇报情况和听她汇报情况的人的身份和她的情报网（假如她有）。

等他做完这一切，他要推诚布公、像男人对男人那样地问爱德华几个问题：爱德华，你有过那么多个化身，扮演过那么多个角色——你到底是谁呢？我们剥开一层又一层的伪装，最后发现的会是什么人呢？还是说，你从来都仅仅是你的所有伪装的总和？

假如真是这样，你又是怎么年复一年地忍受那场无爱婚姻的呢？难道是为了永远不可能实现的大爱（至少阿尼娅是这么说的）吗？

当然了，这些都是新手才会问的问题。问这些问题，普罗克托有可能会过度暴露他内心的想法，假如只是为了满足好奇心，也许有点不太划算。然而另一方面，追捕已经结束，还有什么可损失的呢？足以吞噬自我的激情，这个概念本身就让他感到困惑，更不用说允许它来主导你的生活了。对于他受过训练的头脑来说，任何形式的绝对奉献都构成了严重的安全威胁。情报局的整个道德规范就是彻底（甚至可以说是绝对）摒弃这种想法。当然了，除非你说的是你在玩弄你操控的某个情报员的绝对奉献心理。

但直截了当地说吧，与他碰到过的任何一个人相比，爱德华都完全是另一种生物。放在哲学化的思维框架里——大体而言，普罗克托没有这种头脑——你可以说爱德华代表现实，而普罗克托仅仅是概念，因为爱德华亲身经历过尘世间的诸多炼狱，而普罗克托只是远远地观察过其中几个。

他不禁沉思，在那么一个充满负罪感和羞耻感的熔炉里受到锻造，那会是一种什么感受？你知道就算你献出了整个生命，也永远不可能洗掉污点。你一次又一次地倾尽所有，结果却只能眼睁睁地看着别人糟蹋你的心血，无论是在波兰还是——最具决定性和字面意义的——在波斯尼亚。

他想到巴尼从巴黎发来的关于弗洛里安的第一份报告，这是他最新相中的“正在开发的年轻情报员，极具潜力”，他提到弗洛里安“无人知晓的波兰背景”，就好像波兰背景不是来自爱德华的父亲，而是属于爱德华本人，是从出生就强加在他身上的东西，除他自己之外，瞒过了所有人的视线。而这段令人生厌的文字结束于一个结论：这段隐秘的历史“就像发动机，必将驱使弗洛里安为我们工作，对抗我们提出的任何一个集权目标”。

这台发动机确实一直在驱使他，直到被另一台更加有力的发动机取代：萨勒玛，一场悲剧留下的遗孀，被夺去了儿子的母亲，非宗教的和平极端主义者，永远无法得到的爱人。

从智性上说，普罗克托能够理解。在他们即将进行的交谈中，他会确保他们暂时忘记一个事实，那就是按照任何客观标准来看，爱德华以间谍手段监视妻子从而出卖国家机密的罪行都该去蹲二十年大牢。

尽管情报局浑身都是污点，爱德华还爱它吗？他也会问他这个问题。和我们所有人一样，爱德华对它很可能还有感情。

在爱德华眼中，情报局会不会更像一个问题，而不是答案呢？普罗克托有时候就这么认为。爱德华会不会担心，在英国当局的外交政策缺乏连贯性的这个时代，情报局会不会变得过于自以为是了？唔，普罗克托愿意承认，这个念头也不是没进入过他的脑海。

先想一想莉莉吧。谢天谢地，这个方向的地平线还稍微有点亮光。看现在的情况，这个可怜的姑娘也许终于遇到了一个像样的好男人。要是杰克这辈子能表现出朱利安昨天在农场或刚刚在电话上那么良好的判断力，普罗克托会满意得无以复加的。而凯蒂——其他美德暂且不提，她倒是拥有足够脚踏实地的智慧——若是有朝一日她能和某个同样头脑清楚的男人安顿下来，那他就可以感叹一声夫复何求了。

想到这儿，他的思绪转回爱伦身上——说得就好像他不是一直在琢磨她似的——还有，是什么人或什么事使得她改变了休长假的想法，难道真是那位英俊的考古学家吗？假如真的是他，这是她的第一次出轨吗，会不会还有过他不知道的其他人？有时候，婚姻本身就是一个幌子。

根据普罗克托事后的判断，他的思绪刚走到这么远的地方，比利就向他报告了一个令人不安的消息：弗洛里安尚未露面。从银景庄开车到奥福德至少需要四十分钟，而再过半个小时就是他们约定的会见时间了。

“他的车在哪儿？”普罗克托问。

“还在他家车道上。在那儿停了一夜。”

“但他可以叫出租车，对吧？也许他让出租车在后门接他。”

“斯图亚特啊，我们在监视他家的前门、后门、花园门、边门和所有的落地窗，外加楼上的窗户和——”

“苏菲还在吗？”

“她没出来过。”

“莉莉呢？”

“去书店了，带着萨姆。”

“苏菲来之后，有人来过他家吗？”

“来过一个吹着口哨的邮递员，十一点十分，每天同一个时间。送的看上去是垃圾信。和苏菲在门口聊了几句，然后就走了。”

“谁在奥福德？”

“我们的人在广场上，在酒馆里，在海鲜餐厅的窗口。码头没人，因为你说别安排人。要我改变计划，还是维持现状？”

“维持现状。”

*

普罗克托现在必须做出决定，他立刻就决定了。他应该也去监视银景庄，坐在比利的厢式货车里耗时间吗？还是他应该假设爱德华不知怎的摆脱了缰绳，以某种方式赶到了奥福德？他并不怎么担心爱德华畏罪潜逃的可能性。既然一个人即将得到免罪卡，他为什么不留下领取呢？

左转去奥福德。三英里。他左转了。

单车道的小路，沿途建有多个会车点。城堡出现在他的右手边。一辆白色小巴士驶来，他靠边让路。快乐的背包客，他怀疑是比利的人，也许是去换岗的。反正所有人都别靠近我的码头就行。

他开进广场。中心停车场。对面最左边的角落里，一条小路通向码头。他沿着小路慢慢向前开，欣赏两侧渔民的小屋。来去两个方向都稀稀拉拉的有些行人，唯独不见爱德华的踪影。

码头就在前方，再往外是小船、海岬、雾霭和开阔的海面。是停车，还是不停车？他停车，对付费机视而不见，沿着肮脏的步道匆匆赶往码头。

几个观光客在排队等着上游览船。一家有室外露台的咖啡馆。喝茶的人。喝啤酒的人。他隔着咖啡馆的窗户扫视露台。要是你来了，就别躲起来。你应该在找我。

一座船库敞着门，两个本地人相貌的渔夫在给翻转的小艇刷漆。

“你们不会凑巧见过我的一个朋友吧？埃文，泰迪·埃文？好像经常来这儿。”

从没听过这个名字，老兄。

他回到车上，打电话给比利。连根毛都没见到。

普罗克托按捺住他的本能，身为一名职业人士，他采取预防措施，先打电话给助理。

“安东尼娅，弗洛里安有几本跑路护照？”

“我查一下。四本。”

“有几本过期了？”

“都没过期。”

“我们也没让它们作废？”

“对，没有。”

“所以他一直在更新护照，而我们什么都没做。了不起。作废他的所有护照，他本人的英国护照也同样作废，通知所有港口，一旦见到他就立刻拘押。”

打电话给朱利安。他早该这么做了。

*

普罗克托开进银景庄的铁门时，朱利安和莉莉已经按照他的要求先来了。朱利安的路虎停在院子里，而他们两个人刚好走出屋子。莉莉低着头，从普罗克托身旁走过时也没有抬起头，她径直走到车旁，坐进副驾驶座。

“爱德华不在家，”朱利安站在普罗克托面前，严肃地告诉他，“我们从上到下搜了一遍屋子。没留下字条，什么都没有。他肯定是匆忙溜走的。”

“怎么走的？”

“不知道。”

“莉莉有什么推测吗？”

“没有。假如我是你，现在肯定不会去问她。”

“苏菲呢？”

“她在厨房里。”朱利安随口答道，然后钻进路虎，在莉莉身旁坐下。

厨房宽敞而阴暗。有一块熨衣板。散发着洗衣粉的气味。苏菲坐在一把格子坐垫的木椅里。乱糟糟的白发。一张严阵以待的脸，就像来自东部边境的波兰老祖母。

“真是个谜，”她说，长时间的思索之下，她似乎只找到了这个词，“我来的时候，爱德瓦还好好的。他想喝茶。我给他泡茶。他要洗澡。就上楼去洗澡了。然后朱利安来了。朱利安有一封很重要的信要交给爱德瓦。我把信从门缝底下塞给他。他读了几分钟。很好，他在里面大声说。很好。三点钟没问题。告诉朱利安。奥福德，三点钟。没问题。洗完澡，他在花园里散步。爱德瓦喜欢散步。我在厨房。熨衣服。黛博拉走了，爱德瓦非常伤心。他几乎不说话。他对我说，苏菲啊，我从心底里想念我的黛博拉。也许他去给黛博拉上坟了。”

普罗克托把车停在俯瞰小镇的山坡上，鼓起勇气打电话给巴滕比的办公室，接电话的依然是助理，他告诉对方，弗洛里安失踪了，没有在已经认可的文件上签字，普罗克托在现场做出决定，作废弗洛里安包括英国护照在内的所有护照，同时监控所有出境港口。

电话立刻被转给特丽莎，她毫不犹豫地宣布必须将爱德华视为逃犯，建议马上通知警方和皇家检控署。

“特丽莎，就不能再给我两个小时吗？说不定他只是出去散心了。”普罗克托恳求道。

“我能个屁。我正在去内阁办公室的路上。”

普罗克托再次打给比利，这次是命令比利派遣整个监视团队去搜索乡间——对，假如有必要，就调用空中侦察手段。万一他们发现了爱德华，就以最小武力拘捕他，但无论如何都不能交给警方或其他任何人，必须先给普罗克托一个和他聊聊的机会。

“同时发生了这么多事，他撑不住了。他在争取时间，比利，他会回来的。”

他相信自己的话吗？他也不知道。现在是下午五点，黄昏即将降临。除了等待，他无事可做。还有每隔一段时间就打个电话给朱利安，以防他或莉莉得到了什么消息。

*

格列佛咖啡吧里，就连最小的声音也像是爆炸。萨姆在操场上剧烈运动了一阵，这会儿躺在童车里睡得正香。莉莉坐在吧台前她最喜欢的高脚凳上，时而把脑袋埋在双手里，时而盯着手机，祈求铃声快点响起来，时而起身走到窗口，怀着渺茫的希望，想看见爱德华身穿黄褐色雨衣头戴洪堡帽的身影从容不迫地走在街上。过去这一个小时里，普罗克托打了两次电话，询问他们有没有任何消息。此刻他的第三个电话又来了。

“叫他下地狱去吧。”莉莉扭过头，没精打采地对朱利安说。压力之下，连脏话都抛弃了她。

她正要坐下继续苦思冥想，这时马修出现在了门口，说邮递员小安迪在楼下的储藏室里。他刚送完一圈信回来，说要和莉莉谈一件私事。

莉莉拿起手机，跟着马修下楼。小安迪身高六英尺四[1]，没穿邮递员的制服，而是穿着牛仔服。莉莉忽然想到（这是她后来告诉朱利安的），假如他刚送完一圈信，那他的衣服也换得未免太快了一点。这个细节增加了她的不祥预感。她同时还注意到，安迪没有像平时那样欢快地和她打招呼。

“这是我们有可能犯下的最严重的错误，莉莉，”他跳过前因，直接从后果开始说，“夹带一名未授权的乘客。要是被逮住，我会被开除的。”

安迪说，他由衷地担心埃文先生的——好吧，泰迪的——精神健康，他悄悄钻进安迪的邮政卡车，像弹簧玩具似的从后面蹦出来，说什么安迪，真对不起，就好像只是在开玩笑。要是苏菲没有准备好一杯茶请他喝，泰迪根本不可能钻进他的车里。

1　约合 1.93 米。

他那么高大的一个人，到底是怎么做到的？安迪无从想象。

朱利安来到莉莉背后，听着安迪的故事：

“我对他说，泰迪，下车。快下车。我不会再说一遍了。然后他开始说什么他小姨子随时都会出现在银景庄，但他连一眼都不想看见她——莉莉，我没有对你小姨不尊重的意思。另外，他的车钥匙丢了，所以他还能怎么做呢？埃文先生，我说。我没有叫他泰迪。我不在乎你是谁。但要是你不立刻下车，我就会按响警报器，到时候不但你会有麻烦，我多半也会有。”

“所以你按警报器了吗？”莉莉问，但在朱利安听起来，她似乎没有他想象中那么不安。

“我告诉你，莉莉，那是个一碰就响的警报器。他说，安迪，那好吧。你别这么激动嘛。我完全理解，没问题的——你知道他想做一件事的时候是个什么样——过了车库，到下一个路口就把我放下来，那儿没人能看见咱们，然后我自己走路，咱们都别乱说话就行了，来，拿着这十块钱，不过我没拿。莉莉，我告诉你，他看上去不对劲。呃，我是说，黛博拉一下子走了，没人能完全正常，对吧？但万一这事情传出去——”

“他走到哪儿去了？”莉莉的语气多少有点专横。

“他没说，莉莉，我也没机会问。他下车的动作太快了，你都没法相信。他只说他要尽量离你小姨远点儿——我没有不尊敬的意思。后来我又回去了，明白吗？”

“回哪儿去？”莉莉继续问。

“去我放他下车的地方看了一眼。看他情况怎么样。他这个年纪，搞不好会摔一跤或者什么的。但那会儿他已经上车了，明白吗？我是说，他肯定在短短几秒钟内就搭上了顺风车。”

“被谁接走了？”这次开口的是朱利安，莉莉紧紧地抓住他的手。

“一辆标致小轿车。黑色。相当干净。现如今居然还有人会让别人搭车，也真是稀奇，不过他真的搭上了一辆。”

“安迪，你看见司机了吗？”这次是莉莉。

“只在车开走的时候，从背后看见了一眼。爱德华坐在前排，人们都说假如你不认识司机，坐前排比较安全。”

“是男人还是女人？”

“不敢说，莉莉。现如今从发型是看不出来的。”

“车牌呢？”这次是朱利安。

“不是本地的，这个我能确定。我也不知道附近有谁开一辆黑色标致。所以他会带他去哪儿呢？莉莉，全都是因为你的小姨。我完全搞不懂到底发生了什么。谁会知道他搭了什么人的车呢？随便是谁都有可能。”

他们对他千恩万谢，保证只有在迫不得已的时候才会联系警方和医院，而且无论如何都不会提到安迪的名字，然后朱利安送他出门。等朱利安回到楼上，他发现莉莉不在格列佛咖啡吧里，而是站在客厅的观景窗前，眺望外面的大海。

“告诉我，我该怎么做，”朱利安对着她的背影说，“是立刻打电话给普罗克托，还是什么都不说，祈祷他会回到这儿来？”

莉莉没有回答。

“我是说，假如他真的情况不好，也许还是应该请普罗克托去找他，让他得到应有的帮助。”

“他找不到他的。”莉莉说，转向他，露出的表情与先前截然不同，即便不算是笑逐颜开，也称得上心满意足，朱利安一时间不禁为她感到担忧。“他去找他的萨勒玛了，”她说，“这会是我向你隐瞒的最后一个秘密。”

后记

我的处境就像那只猫，它不但可以直视国王，而且还必须对国王和他的功业说点什么有意义的话。换了我十几岁的时候，这倒是非常容易。当时我爱上了史迈利与卡拉斗智斗勇的故事，尤其是迈克尔·杰斯顿朗读的《锅匠，裁缝》[1]。我用大如砖头的JVC磁带录音机听了一遍又一遍，到最后我甚至背了下来，连抑扬顿挫的调子都能模仿："我有个故事要告诉你们。全都是间谍的事情。假如那是真人真事——我个人认为是的——那你们就需要一个全新的组织了。"而我想告诉你们的是——直到今天我依然会这么说——大卫·约翰·摩尔·康威尔（以笔名约翰·勒卡雷而闻名世界）不但是个出色的父亲，还是一位才华横溢、独一无二的说书人。

2020/2021年的冬天很难熬。12月初，我不得不回到父母在康沃尔的家中照看我母亲，她的癌症这次发作得非常严重，而我父亲因为疑似肺炎住院了。几天后的一个晚上，同一家医院，我趴在母亲的病床边，告诉她父亲没能熬过来。我们哭了，我独自回家，呆呆地凝望雨点落在海面上。

我非常幸运。父亲去世的时候，我们之间没有任何心障；没有选择不当的错话，没有悬而未决的争吵；没有怀疑，也没有担忧。我爱他。他也爱我。我们熟悉彼此，为彼此感到骄傲。我们能容忍彼此的缺点，我们过得很开心。你不可能有更高的要求了。

除了我做过一个承诺。这个承诺不是我随便做出的，做出承诺那会儿还是我们人生的盛夏，我已经忘记那是哪一年的什么时候了。我们在汉普斯特德希思散步。他同样带着癌症生存，但我觉得他会带着癌症死去，而不是会死于癌症。他要我保证一件事，而我答应了他：万一他去世时案头有一本小说还没写完，我能不能替他续完？

我说能。我无法想象我有可能拒绝。无论是从一个作家对另一个作家的角度，还是从父亲对儿子的角度来说，到我无法

1　即勒卡雷的“史迈利三部曲”第一部《锅匠，裁缝，士兵，间谍》。

继续走下去的时候，你愿意接过火炬吗？你当然会说愿意了。

因此，在那个阴郁的康沃尔夜晚眺望辽阔的幽暗大海时，我想到了《银景》。

我还没读过这本书，但我知道它的存在。不是没有写完，而是暂扣不发。一次又一次地返工。在《微妙的真相》之后动笔，说到《微妙的真相》，我倾向于认为它凝聚了他作品的全部优点，完美地体现了他的技巧、智慧、激情和布局能力。但《银景》尽管写完了，却一直没有交稿。一部小说和一个承诺，两者都没有兑现。

那么，它写得很差劲吗？这种事有可能发生在任何一个作家身上。假如写得不好，还有没有挽救的余地呢？假如有，挽救它的人可以是我吗？和我父亲一样，我也能模仿别人的笔法——但如此大规模地应用，在三百页的篇幅中假如有需要就冒充他的声音：我能做到吗？我应该这么做吗？

我读了这本书，反而更加困惑了。《银景》好得让人害怕。码字阶段常见的缺陷当然存在，例如重复用字、技术性的纰漏、偶见含混不清的段落。但就一份尚未校对过的文稿来说，它已经润饰得出奇地好了，而且和《微妙的真相》一样，它同样完美地反映了他以前的作品（一曲经验之歌），另一方面也拥有只属于它的叙事声音，拥有它自己的情感力量和关注要点。他为什么一直扣着这本书呢？为什么把它藏在抽屉里，反复拿出来修改，因为不满意而再次收起来，直到今天？我到底该怎么打补丁呢？难道要我给蒙娜丽莎画上眉毛吗？

我曾经想象过几次这个时刻和我要扮演的角色，我以为摆在我面前的会是一本完成了四分之三的小说，有大量笔记指导我该给它一个什么结局，有一些素材也许还没整合好，因此我的工作将是调和与编织文本。但这本书需要的并不是这些事情。编辑工作更像是锦上添花，得到的就是你手上的这个版本。无论从哪个可衡量的角度来说，它都是一部合格的勒卡雷作品，而任何不妥之处都必须归咎于我。

因此，又回到为什么的问题上了。为什么你直到现在才看到这本书？

我有个推测。它毫无根据，源自我的直觉，没有任何实在的证据。假如你是一名严格的裁决者，需要判断家父笔下“圈场”收到情报的可验证性，就肯定会因为我提出这种推测而揪着我的耳朵把我吊起来。然而正如里奇·塔尔[1]也许会说的，

---

1 《锅匠，裁缝，士兵，间谍》中的人物，一名英国情报人员，揭露了苏联间谍渗透英国情报机构“圈场”的重要线索。

我感觉它是真的。

家父对某一条原则的坚持远远超过了对其他原则的坚持。他绝对不会讨论他在情报部门工作时接触过的秘密，哪怕它们已经泛黄变旧，甚至有点发霉。他不会提起人名，也不会向他最亲密和信任的人透露他担任秘密公仆时的任何情况。我对他那段人生的了解仅限于你能在广阔世界的印刷品里读到的内容。尽管他早在六十年代就离开了军情六处，但他始终忠诚于情报局和他本人的誓言。假如说有什么事情是他深恶痛绝的，那就是现代社会的高级官员偶尔会因为他对情报工作政治化的抨击而抛出暗示，让你感觉他通过行动或知情不报背叛了他的以前的同事。他从没做过这种事，但同事们会在书店和乡间小道上不告而来，巧遇的时间长得足以让他知道他们也知道，这样的事情多年来屡有发生。

《银景》做了一件勒卡雷小说从未做过的事情。它展示了一个支离破碎的情报局，情报局里充满了不同的政治派系，对它应该珍惜的人不总是友善，不总是非常高效或警觉，而且更有甚者，它不再能够确定自己的正当性了。在《银景》里，英国间谍和我们普通人一样，也失去了对国家代表着什么、我们对自己身份的确定感。就像《史迈利的人马》里的卡拉，我们这一边也出现了同样的疑惑：情报局的人性无法胜任特工要完成的任务，他们开始怀疑任务是否值得付出那么大的代价。

我认为他无法鼓起勇气来说出真相。我认为，持有来自和关于那个机构的真相让他感到窒息，这个机构毕竟在二十世纪中期当他还是一条迷途野狗的时候给了他一个家。我认为他写了一本了不起的书，然而当他看着它的时候，他发觉他过于切中要害了，而他越是修改和推敲它，事实就变得愈加明显——结果就在你的眼前。

你可以形成你自己的观点，你和我的观点同样有价值，不过以上就是我的看法。

家父在这些文字中一如既往地竭力讲述真相，叙说故事，向你展现这个世界。

欢迎来到银景庄。

尼克·康威尔

2021年6月

尼克·康威尔是约翰·勒卡雷最小的儿子，以笔名尼克·哈卡威写作。